순비기꽃
언덕에서

순비기꽃 언덕에서

초판 1쇄 발행 2012년 11월 30일
초판 4쇄 발행 2013년 11월 28일

지은이 서순희
펴낸이 주일우
펴낸곳 ㈜문학과지성사
등록번호 제1993-000098호
주소 121-840 서울 마포구 서교동 395-2
전화 02) 338-7224
팩스 02) 323-4180(편집). 02) 338-7221(영업)
전자우편 moonji@moonji.com
홈페이지 www.moonji.com

ISBN 978-89-320-2366-3

순비기꽃
언덕에서

서순희 장편소설

문학과지성사

2012

차례

제1부

수청구지 · 열병 · 굿 · 아버지의 제대

수청구지

밀물 때가 되면 바다는 마을 앞까지 들어와 은빛으로 출렁거렸다. 납작하게 엎드린 집들이 금세라도 그 물빛에 녹아들 것 같았다. 이십여 가구쯤 되는 초가집들 사이는 드문드문 짠물이 고인 습지였다. 자갈과 모래가 섞인 그곳엔 사철쑥, 갯씀바귀, 통보리사초 같은 갯벌 식물들이 무성하게 자랐다.

마을 사람들은 근처 논밭에서 땅을 일구다가, 썰물 때가 되면 드넓은 갯벌에 나가 갯것을 잡았다. 힘들여 잡은 것들을 이고 지고 노을 진 바다에서 순비기꽃이 핀 둔덕을 걸어 나오는 모습이, 지금도 기억 속에 사진처럼 선명하게 찍혀 있다. 순비기나무 줄기는 소금기가 있는 모래땅을 잘도 기면서 아무 데나 우거져 있었다.

그 작고 아름다운 바닷가 마을이 내가 태어나서 열여섯 살까지 자란 '수청구지(수청곶)'이다. 수청구지 사람들은 마을 앞바다를 '동틀'이라 불렀다. 물이 밀려오면 하늘보다 더 넓고 짙푸른 파도가 넘실거리던 그 바다, 거기서부터 먼저 동이 튼다고 그렇게 부른 것일까?

우리 집 식구들도 온몸이 뻘투성이가 되어 동틀 갈대밭과 뻘을 뒤져 바지락과 황바리, 능쟁이, 고둥, 굴 따위의 갯것을 잡곤 했다. 잡아 온 바지락이 상하기 전에 까느라 할머니와 엄마, 고모는 밤을 새웠고, 텃밭 둑에는 버린 조개껍데기가 산처럼 쌓여갔다. 그것들은 소라, 굴, 고둥의 껍데기들과 함께 바람과 눈비에 삭아 잘게 부서졌다. 부스러기는 도랑으로 흘러내려 동틀 바다의 흰 모래에 섞였다.

모래밭을 따라가노라면, 갈대와 꼬마 부들이 지천으로 깔린 넓은 습지가 나왔다. 댕기물떼새들이 푸드덕거리는 그곳을 가로질러 논둑 밭둑을 걷다 보면 매미골, 교성리, 수정리 같은 작은 마을들을 지났다. 그러면서 마성재라는 큰 재를 넘어야 비로소 제법 큰 동네가 나왔다. 충남 보령군 대천읍이었다. 거기엔 닷새마다 장이 서는 넓은 마당과 기차가 하루에 몇 번씩 사람을 내려놓는 대천역이 있었다.

조개젓을 팔러 대천장(場)에 갈 때면, 엄마는 해가 뜨기 전에 길을 나서곤 했다. 그래야 어두워지기 전에 돌아올 수 있었다.

10

열병

내가 다섯 살 때였다.

할머니가 나를 무릎에 앉혀놓고 이른 저녁을 먹이고 있었다. 엄마가 아팠기 때문이었다. 검정색 몽당치마를 입은 언니가 울안으로 들어왔다. 언니는 나와 네 살 터울이었다.

내가 자꾸 투정을 부렸던지 할머니가 언니한테 말했다.

"정희야, 얘가 오늘 유난히 짜는구나. 엄마가 좀 쉴 수 있게 업구 멀리 나가 놀다 오너라. 할미는 콩밭 매고 올 텡께."

할머니가 밭에 간 후 나는 언니 등에 업혀 칭얼칭얼했다. 언니는 나를 달래려고 폴짝폴짝 뜀박질해 대문 밖으로 나갔다. 안채에 덧대어 지은 사랑방 기와지붕은 풋대추가 다닥다닥 달린 대추나무 가지가 뒤덮고 있었다. 그 옆에 서 있는 감나무에도 감들이 주렁주렁

열려 있었다.

이상하게 몸이 더웠다. 언니는 휘어진 감나무 가지에서 땡감 한 개를 땄다. 포대기에 문질러 닦은 땡감은 반들반들 윤이 났다.

"봉희야, 감 좀 봐. 참 이쁘지? 아직은 떫어서 먹으면 안 되여. 그냥 갖구 놀어."

언니가 준 땡감은 아주 차가웠다. 속이 메스껍고 울렁거려 자꾸 포대기 속에서 뒤치락거렸다. 아무것도 모르는 언니는, 나를 업고 마당가로 갔다. 은색 잎을 단 순비기나무 줄기가 텃밭 입구까지 무성하게 뻗어 있었다. 땅바닥을 기듯이 낮게 벋은 가지마다 연보랏빛 꽃송이가 동글동글 맺혀 있었다.

텃밭을 지나 '청너머'라는 언덕으로 올라갔을 때는 식은땀이 흘러 선득선득 추웠다. 마을 입구의 저수지와 수백 년 묵은 왕소나무가 안개 속에 있는 것처럼 흐릿했다.

자꾸 칭얼거리며 이리저리 뒤척거리자, 언니는 밭둑 모래언덕에 핀 갯완두 무더기 속에서 하얀 토끼풀꽃을 뜯어 손에 쥐여주었다. 하지만 나는 땡감과 토끼풀꽃을 힘없이 놓치고 말았다. 언니가 이번에는 둑에서 똘창게 한 마리를 잡아 팔뚝에 얹어놓았는데, 갑자기 머리가 송곳으로 찍듯 아파서 나는 외마디 비명을 질렀다.

"봉희야, 왜 그려? 워디가 아픈 겨? 빨리 집에 가자."

언니가 고개를 돌려 땀이 송골송골 맺힌 내 얼굴을 걱정스레 바라보았다. 타는 듯 목이 말랐다. 노을빛이 수청구지 하늘과 바깥마당을 발갛게 물들이고 있었다.

동네 아저씨가 대문 안을 기웃거리다가 우리를 보았다.

"부고장이 왔넌디…… 이걸 어른들께 보여드려라."

언니는 아저씨가 건넨 누런 봉투를 들고 들어갔다. 엄마가 누워 있는 방에 얼굴을 디밀자 흙내가 진하게 났다. 아버지가 군대에 가고 없어서 밭일, 갯일 가리지 않고 하다 보니 엄마는 무척 지쳐 있었다.

부고장을 본 엄마가 와락 울음을 터뜨렸다.

"아이고! 이게 웬일이세유, 어머니…… 어머니가 돌아가시다니…… 아이고, 아이고……"

엄마는 넋이 나간 것 같았다. 한참을 흐느끼다 멍하니 앉아 있다 하였다. 그러다가 허둥지둥 옷을 챙겨 입더니 집을 나섰다.

산밭에 간 할머니는 좀처럼 오지 않았다. 온 마을이 검정 물감을 칠한 듯 캄캄한 어둠에 잠길 때에야 돌아왔다.

"할머니, 엄마는 외할머니가 돌아가셔서 외가댁에 갔슈."

언니가 호미를 씻고 있는 할머니에게 다가가 울먹거리며 말했다.

"뭐라구? 누가 돌아가셔?"

"외할머니라니께유."

"외할머니? 그게 증말여? 이런, 참…… 니 외할메를 저번에 대천장서 뵈었는디. 돌아가시다니, 참말 사람 일이란…… 몸두 성허지 못한 어멈이 워쳐케 갔다니."

할머니가 언니 등에서 납덩이처럼 축 처진 나를 받아 안았다.

"그런디 애는 워디가 아퍼서 이런다네?"

할머니는 날 요에 뉘다가 내 뺨과 몸뚱이에 끓는 기름이 튄 것처럼 발긋발긋한 반점이 나 있는 걸 보았다.

"정희야, 낮에 봉희에게 무슨 일이 있었네? 애기 몸이 왜 이려?"

할머니가 꼬치꼬치 캐물었다.

"아이구, 애가 이렇게 될 때까장 뭐했댜?"

갯벌에서 막 돌아온 고모가 핏대를 올렸다. 삼촌은 안타까운 얼굴로 나를 들여다보았다.

"아까 가지구 놀라구 땡감을 줬는디, 혹시 그걸 먹었는지두 몰러."

언니가 겁먹은 얼굴로 말했다. 할머니는 땡감을 먹고 체한 줄 알고 신 열무김치 국물을 부엌에서 떠 와 내게 먹였다. 바늘로 손끝을 따주기도 했다. 그래도 열은 내리지 않았다.

엄마는 좀처럼 돌아오지 않았다. 외할머니의 장례를 치르고 삼우제를 지낸 다음 날에야 돌아왔다. 열에 떠 신음하고 있는 나를 본 엄마의 얼굴이 종잇장처럼 하얗게 변했다.

"애가 원제부터 이랬데유?"

"사돈 돌아가셔서 니가 친정에 가던 날부터 열나구 헛소리를 허구 묽은 똥 누구 그랬으니, 닷새째 되는 개비다. 체헌 건 아닌 것 같구 홍역인 것 같아서 낫기만 기다렸는디 점점 심하구나."

엄마는 허겁지겁 나에게 포대기를 들씌웠다. 그리고 삼촌과 번갈아 업으면서 나를 대천 읍내 병원으로 데리고 갔다. 의사는 열이 많은 걸 보니 장티푸스 같으니 음식물을 끓이거나 익혀 먹이라고 하면서 주사를 놓고 약을 주었다.

나는 그래도 낫지 않았다. 엄마는 또 나를 업고 이웃 마을 매미 골에서 의원 노릇하는 할아버지에게 가서 보였다. 심하게 놀라 그렇다면서 할아버지는 내 몸 여기저기에 마구 침을 놓았다.

굿

나는 삐쩍 말라갔다. 갈빗대가 나른 나른 비치는 배는 가쁘게 헐떡였고 얼굴은 황달기까지 있어 더 노래졌다. 마을 사람들이 아침저녁으로 와서 죽었나 살았나 알아보려는 것처럼 들여다보며 내가 듣건 말건 말했다.

"오래 못 살겠구먼."

"재 너머 강 씨 댁 손녀두 저렇게 앓다가 죽었는디……"

우리 집안 누군가가 조상 산소를 잘못 썼다는 둥 동티가 났다는 둥 동네에 소문이 돌았다. 할머니는 산 너머 동네로 용하다는 무당을 찾아갔다. 무당은 뱀에게 놀라 죽은 고모할머니의 넋이 씌어 아프다고 했다.

아주 오래전에, 허물을 벗기 위해 대추나무에 올라가던 뱀이 그

밑을 지나던 열일곱 살 난 고모할머니의 등에 떨어졌다. 그때 놀란 고모할머니는 몇 달 동안 시름시름 앓다가 죽었다. 무당은 내가 나으려면 얼굴도 모르는 그 고모할머니의 넋을 달래는 씻김굿을 해야 한다고 했다.

할머니는 죽더라도 원이나 없게 굿을 해보자고 했다. 부정 타지 말라고 사립문 가에 황토를 뿌린 후 시루에 떡을 쪘다. 안방 윗목에 과일, 포 따위를 늘어놓고 흰쌀에 초를 꽂은 고사상이 차려졌다. 무당은 창호지를 오려서 상을 장식하고 곱게 접어 고깔로도 썼다. 떡시루를 대추나무 밑동에 놓고 징을 두드렸다. 주문을 외며 쇠꼬챙이처럼 마른 내 몸을 신장대로 쓸어내리기도 했다.

"비나이다, 비나이다…… 어린것 불쌍히 여기시고 낫게 하소서, 죄가 있거든 제게 돌리시고 어린것에게서는 노여움을 푸소서……"

할머니는 무당 뒤에 서서 손을 비비면서 간절하게 빌었다. 엄마도 눈물을 흘리면서 수없이 머리를 조아렸다.

"돈 처들여 굿헌다구 저런 병이 나을 것 같은감? 병신 될라먼 차라리 죽는 게 낫지. 그깟 기지배야 또 낳으면 되니께."

방파제 옆에 사는 작은할아버지가 와서 모질게 내뱉었다. 나는 서럽기만 했다. 삼촌이 그 모습을 예사롭게 보지 않은 모양이었다.

"아버지, 말씀이 너무 심허세유."

삼촌이 눈을 치뜨고 대들었다.

"네 놈이 뭘 안다구 어른헌티 도끼눈을 뜨구 쳐다보네?"

작은할아버지는 삼촌을 왁살스럽게 쥐어박았다.

"사람의 목숨은 다 천지신명께 달렸으니, 하늘께 맡겨야지 워척 허겠니?"

할머니가 엄마를 위로했다. 엄마는 나를 부둥켜안고 소리 없이 눈물만 흘렸다.

굿을 하고 난 뒤에도 나는 여전히 병명도 모른 채 앓았다. 가족들이 날마다 번갈아가면서 칭얼대는 나를 업어 달래느라 마당가를 서성였다. 초등학교에 다니는 삼촌은 징징 짜는 나를 달래며 왜 자꾸 아픈 거냐고 같이 울기도 했다. 그때 삼촌 등에 업혀 있던 나는 아무 생각도 할 수 없는 상태였지만, 마당가에 지천으로 피어 있던 순비기나무의 보랏빛 꽃만은 지금도 기억한다. 그때가 그리울 때면 이상하게 더욱 또렷이, 그때 본 순비기꽃이 내 눈앞에 어른거리곤 한다.

아버지의 제대

가족들이 저녁을 먹기 위해 안마당에 멍석을 깔았다.

삼촌이 파리한 얼굴로 누워 있는 나를 안아다가 멍석가에 앉혀 놓았다. 앉아 있으려 해도 기운 없어 저절로 옆으로 쓰러졌다. 멍석 위에 누워 있는 동안 어지러워 빙빙 하늘이 돌았다. 툇마루 옆의 얕은 샘, 대추나무 아래에 수북하게 자란 덩굴, 그 옆의 감나무와 모과나무 따위가 모두 뒤섞이고 구겨져 보였다.

모기떼가 왱왱거리며 막대기처럼 가느다란 팔뚝이며 다리에 달려들어 성가시게 굴었다. 삼촌은 부채로 모기떼를 감당할 수 없게 되자 자리에서 벌떡 일어났다.

"조금만 기다려. 모깃불 놓구 올 텡께."

삼촌은 낫을 찾아 들고 대추나무 밑으로 갔다. 쐐기풀이랑 쑥대를 건성건성 걷어가지고 와서 멍석가에 놓더니 불쏘시개를 넣고 성냥을 그었다. 불꽃이 일면서 이내 연기가 피어올랐다. 모깃불 연기는 안마당에 안개처럼 퍼지면서 어둠에 섞였다.

엄마는 마루에서 칼국수를 하려고 밀가루 반죽을 한참 주물렀다. 쫀득쫀득하고 둥글게 민 반죽을 착착 개어 도마 위에 올려놓고 가늘게 썰었다. 펌프가 있는 샘가에서 할머니와 고모는 바지락과 굴을 까고 있었다. 죽어라 일만 하는 분풀이로 그동안 식구들을 원수 삼곤 하던 고모는 기분이 좀 좋아 보였다.

"어머니, 굴 좀 드셔봐유. 영글진 않었는디 달큰허유."

"생굴은 겨울에나 영글어 맛이 있지 여름은 별로 맛이 읎어."

고모가 입안에 굴을 넣어주려 하자 할머니가 고개를 내저었다. 할머니는 김국이나 칼국수 같은 음식에 넣어 익힌 굴만 좋아했다. 바닷가에 살면서도 회 따위의 날것은 입에도 안 댔다. 그래서 주변 사람들은 할머니를 입이 짧고 까다로운 사람으로 여겼지만 내겐 그저 인자하고 다정다감한 할머니였다.

조갯살과 굴을 듬뿍 넣은 칼국수가 끓는 동안 고모가 두레상을 폈다. 보름달이 휘영청 떠서 불을 밝히지 않았어도 상에 둘러앉은 식구들의 얼굴이 또렷이 보였다.

"봉희야, 칼국수가 불기 전에 먹어보자. 갯것이 들어가 아주 맛나단다."

엄마가 누워 있는 나를 안아 일으켜 앉혔다. 삼촌이 가장 먼저 칼국수 한 그릇을 뚝딱 비웠다. 뽀얀 언니 얼굴이 뜨거운 칼국수를 먹느라 벌게졌다. 내 입맛은 쓰기만 한데 모두 땀을 흘리며 맛나게 먹는 것이 신기했다. 칼국수를 먹고 난 언니가 샘가 찬물에 띄워놓은 참외를 가져왔다. 텃밭 둑에서 저절로 크는 개똥참외를, 봄여름 내 노랗게 익을 때까지 맡아놓고 기다렸다가 따 온 거였다. 개똥참외는 생기다 만 듯 울퉁불퉁한 게 참말 못생겼다. 언니가 내겐 한 개를 통째로 주고, 나머지는 식구 수대로 쪼개어 나누어 돌렸다.

"참외가 아주 꿀맛이여. 봉희 너두 먹어봐."

참외를 안 먹고 들고만 있자 삼촌이 재촉했다. 한 입 베어 먹어 봤지만 내 입엔 지리고 싱거웠다.

"봉희야, 왜 개똥참외라구 허는지 알어?"

삼촌이 장난스레 물었다. 껍질째 아삭아삭 먹던 언니가 궁금해서 눈을 토끼 눈처럼 동그랗게 떴다.

"똥 속의 씨가 자란 거라 그렇댜. 이 개똥참외는 아마 정희가 먹은 참외 씨가 똥 속에 섞여 나와 열린 걸 거여, 그지?"

삼촌이 짓궂게 골려대며 실실 웃었다.

"으아, 더러워! 나는 안 먹을 텨."

"킥킥…… 우스갯소리여. 그냥 먹어."

삼촌이 갑자기 웃음기를 거두고 할머니를 향해 불쑥 말했다.

"참, 낮에 누가 그러던디 재 너머 최 씨 아저씨 댁 군대 간 둘째 형이 간첩 잡다가 죽었다구 허대유."

빈 그릇을 걷던 할머니와 상에 행주질을 하고 있던 엄마의 눈이 서로 마주쳤다. 삼촌이 아차 하는 표정을 지었다.

그동안 가족들은 아버지의 제대 날짜를 달력에 표시해두고 몹시 기다려왔다. 하지만 갑자기 나라가 전쟁을 준비하는 상황으로 변했다. 간첩이 나타나 군인들은 제대는 물론, 외출도 휴가도 나오지 못한다고 했다.

"아범이 제대헐 날짜가 보름이나 지났는디 아직 소식이 감감허니 워척헌다니? 건강허게 무사히 돌아와야 헐 텐디 걱정이구나."

할머니가 한숨을 쉬었다. 느긋하고 참을성 많은 엄마의 얼굴도 불안해 보였다.

그때 누군가 어두컴컴한 안마당으로 성큼 들어왔다. 얼굴이 거무튀튀하고 말라 광대뼈가 툭 튀어나온, 낡은 군복을 입은 사람이었다. 분명 낯이 익긴 한데 부연 모깃불 연기 때문에 누군지 금방 알아볼 수가 없었다.

"어머니, 저 왔어요!"

쩌렁쩌렁한 목소리가 들렸다. 아버지였다.

"아, 아니. 이게 누구냐? 우리 영태 아니냐!"

할머니가 맨발로 뛰어나갔다.

"그러잖아두 지금 니 얘기허면서 걱정허구 있었는디 어쩜 듣기라두 헌 것처럼 불쑥 들어오냐? 이게 분명히 꿈은 아니지? 다친 곳은 읎니?"

아버지를 얼싸안고 여기저기 더듬으며 할머니는 기뻐서 눈시울을 붉혔다.

"모두 궁금혀서 애를 끓이던 참인디……"

엄마도 행주치마로 눈물을 찍어냈다.

"그동안 가족들이랑 고생 많았지?"

아버지가 활짝 웃으며 엄마를 바라보았다.

무사히 제대한 아버지 때문에 잔칫집처럼 술렁거렸지만 그것도 잠시, 갑자기 집안이 초상집처럼 사위스러워졌다. 내가 숨을 가쁘게 몰아쉬며 눈까풀을 달달 떨다가 까무러쳤기 때문이다. 삼촌이 달려들어 내 볼때기를 찰싹찰싹 때리고 흔들어 깨웠다. 엄마가 몸을 뒤틀며 뻣뻣해진 나를 부둥켜안고 내 이름을 간절하게 불렀다.

아버지는 그제야 얼굴빛이 창백하고 빼짝 마른 나를 들여다보았다.

"작년버텀 애가 아퍼서, 이리저리 치료허러 댕기구 푸닥거리까지 했는디두 차도가 읎구나."

"굿거리가 무슨 효험이 있겠어요? 다 근거 없는 미신인데요. 그나저나 애가 이렇게 심하게 아픈데 왜 진작 제게 연락을 안 하셨어요?"

"연락을 허면 뭐허여. 너라구 별수 있었겄니? ……또, 군대가 마음대로 출입할 수 있는 곳두 아니잖니…… 워쨌든 에미랑 나랑 헐 짓은 다 혀봤다만 낫진 않구, 정말 워쩍허야 헐지 걱정이 태산

같구나."

아버지의 얼굴이 몹시 어두워졌다.

"애가 이럴 때마다 꼭 금방 숨이 끊어지는 것 같아서, 제 심장이 다 멎는 것 같어유……"

엄마가 모두 자기 죄인 것처럼 고개를 들지 못했다.

다음 날, 아버지는 부랴부랴 서울에 있는 대학 병원으로 나를 데리고 갔다.

병원에서는 소아마비라면서 회복하기에는 너무 늦었다고 했다. 얼마 있다가 죽거나, 살더라도 건강하기는 어렵겠다고 했다.

서울 의사가 그런 진단을 내린 뒤부터 나는 언제 죽을지 모르는 사람이 되었다. 그러나 나는 죽지 않고, 제 발로 못 걷는 사람이 되었다.

제2부

할머니의 꽃밭

방 안에 병든 모습으로 누워 있는 동안 수많은 날이 흐르고 또 흘렀다. 몸이 성치 않은 채로 어느새 나는 아홉 살이 되었다.

언제나 그렇듯이, 뒷문을 활짝 열어놓고 핼쑥한 얼굴로 누워 밖을 내다보고 있었다. 내가 아기였을 때 할머니가 심은 앵두나무는 벌써 자라 빨간 구슬을 쏟아 부은 것처럼 앵두가 다닥다닥 열려 있었다.

아침나절 내내 할머니는 뒤꼍 장독대 옆의 화단에서 꽃밭을 매고 있었다.

"봉희야, 이 꽃들 좀 봐라. 어쩌면 이리도 고울꼬?"

할머니의 목소리에 나는 밖의 풍경이 좀더 잘 보이도록, 윗몸을 일으켜 방문 가까이 몸을 밀어 갔다. 뒤꼍 화단엔 분꽃, 맨드라미, 백일홍, 해당화 따위가 눈부시게 피어 있었다. 화단 옆 복숭아나무엔 진이 엉겨 붙은 복숭아가 가지마다 덩이덩이 붙어 있었다. 장독대 둘레의 봉숭아꽃도 붉디붉었다. 머지않아 할머니는, 그 꽃잎을 찧어 우리들 손톱에 얹고 아주까리 잎을 댄 다음 실로 칭칭 싸매어 줄 것이다.

정성스레 매만져 쪽 찐 할머니의 머리는 호미로 땅을 쪼고 풀을 뽑는 동안 바람에 날려 푸석푸석해졌다. 물 낡은 무명 치마를 동여맨 허리는 말라서 병 모가지처럼 잘록했다.

할머니는 열여섯 살에 수청구지에 있는 우리 집, 그러니까 민씨 종갓집 맏며느리로 시집을 왔다. 평범한 가정에서 자랐지만, 집안의 법도를 중히 여기고 남편에게 순종하는 아내였다. 그런데 할머니의 나이 마흔에 할아버지가 갑자기 돌아가셨다. 할머니는 혼자 살림을 떠맡아야 했다. 없는 살림이지만 가난한 티가 나지 않고 여유롭고 낙천적이었다. 늘 주변을 쓸고 닦는, 정갈하고 부지런한 할머니였다. 가끔 멍하니 하늘을 보며 한숨을 쉬었지만 단단한 몸으로 그냥 일에 묻혀 살았다.

할머니한테 취미가 있다면 그건 꽃 기르기였다. 할머니는 해마다 꽃씨를 받아 갈무리했다가 장독대며 외양간 옆 굴뚝 모퉁이, 마당가 같은 빈터에 심었다. 할머니한테 아침마다 뜨물을 흠뻑 얻어먹은 화초들은 소담스러운 꽃들을 피웠다. 할머니는 할아버지를 일찍 여읜 슬픔과 일에 찌든 세월을 꽃을 가꾸면서 달랬던 것 같다.

"성님, 날마다 뭘 줘서 모란 꽃송이가 이렇게 소담스럽데유?"

"뭘 주긴, 꽃들두 사람과 같어서 날마다 보살피구 이뻐허먼 한껏 피능 겨."

할머니의 꽃밭을 보고 부러워하는 동네 사람들 앞에서 할머니는 모란꽃처럼 활짝 웃곤 했다.

흰 점박이 새들이 활처럼 휘어지는 해당화 가지에 앉아 재잘거렸다. 나는 가볍게 꽃가지를 옮겨가며 앉는 새들이 부러웠다. 부드러운 바람이 내 얼굴을 쓰다듬고 지나갔다.

"참새가 봉희 보러 왔네? 저어기 살구나무에두 앉아 있구."

할머니가 고개를 잦혀 살구나무를 쳐다보았다. 나는 할머니의 눈길이 머문 장독대 옆 살구나무 가지를 바라보았다. 작은 털 뭉치 같은 참새들이 이리저리 옮겨 다니며 쨱쨱거렸다.

"올해두 살구가 무척 많이 열렸구나. 어서 익어야 우리 봉희를 따주지…… 곧 나을 거여. 할미가 봉희 낫게 혀달라구 정화수 떠놓구 월매나 치성을 드리는디…… 암, 낫구말구…… 낫거들랑 우리 봉희 대천장에 데리구 가 맛난 것 사줄게, 응?"

정이 듬뿍 담긴 할머니의 목소리를 듣고 있자니 아픈 몸이 다 나은 것 같았다.

건넛방에 있던 고모가 뻘밭에 가려고 몸뻬를 입고 바구니를 챙겨 나왔지만 할머니는 잡초를 뽑고 흙을 다지기에 바빴다.

"어머니, 물때 됐는디 갯바닥에 안 가셔유?"

"벌써 시간이 그렇게 됐나……? 오늘은 이냥 해당화만 보고 싶구나."

"아이참, 어서 가유, 돌아오는 장날에 조개젓 한 통 약속헌 거 어떻게 갖다 줄려구 그러신댜?"

곁에 서서 재촉하자 할머니는 꿈에서 깬 듯 부스스 일어섰다.

"봉희야, 엄마랑 아버지랑 밭갈이허구 돌아오면, 할미는 고모랑 갯벌에 갔다구 혀라. 고둥 따다가 봉희 삶아줄게. 혼자 심심혀두 기다리구 있어? 착허지."

신발의 흙을 털면서 할머니가 말했다. 얼굴 가득 미소를 머금은 할머니에게 나는 힘없이 고개를 끄덕여 보였다. 할머니는 금세 수건을 쓰고 갯벌에 갈 통바지로 갈아입고 나왔다.

할머니와 고모는 해 질 무렵에나 갯것이 든 바구니를 이고 온몸이 갯물에 절여진 채 돌아올 것이다.

은하수

할머니와 고모가 바다로 간 뒤 텅 빈 집에서 혼자 누워 있다가 나도 모르게 잠이 들었다. 눈을 떠보니 잠깐 잠든 성싶은데 어느새 노을이 발갛게 물들어 있었다.

마당에 흩어져 있는 지푸라기를 치우던 삼촌이, 봉희 깼어? 잘 잤남? 하고 웃어주었다. 삼촌은 내가 아파 울 때마다 남루한 티셔츠 등판이 찌들고 해어지도록 업어주곤 했다. 전보다는 줄었지만, 나는 여전히 몸이 괴로워서 징징거리거나 짜증을 냈다. 삼촌은 그걸 다 받아주었다.

말이 삼촌이지 삼촌은 나보다 네 살밖에 많지 않았다. 그리고 사실은 삼촌도 아니었다. 굳이 따지자면 당숙뻘이었다. 작은할아버지의 아들이기 때문이다. 덕배 삼촌을 두고 동네 사람들이 "쟤가 교도소에서 태어났다는 그 애구먼? 훤칠한 키에 이목구비도 큼직 큼직헌 게 영락없이 지 에미 청양댁 닮었네" 하고 쑥덕거리곤 했다. 하지만 남들이 뭐라고 하건 삼촌은 내 가장 친한 친구였다.

밭갈이 간 아버지와 엄마가 돌아왔는지 집안이 소란스러워졌다. 엄마가 아버지 등에 찬물을 끼얹어 등목을 시키고 있었다. 언니는 노래를 흥얼거리며 안마당에 석필로 네모난 칸들을 그렸다. 그 선 위를 뜀뛰듯이 가볍게 폴짝거리며 저 혼자 팔방놀이를 했다.

어둑어둑할 즈음 할머니와 고모가 바다에서 돌아왔다. 토방에 내려놓은 바구니엔 바지락이 그득했다. 더러 그 속엔 밤게, 달랑게 따위의 게와 피뿔고둥이 섞여 있었다. 고모는 샘가에서 큰구슬우 렁이, 비틀이고둥 같은 고둥들만 골라 함지박에 넣고 시끄러운 소리를 내며 문질러 씻었다.

마루에 딸린 쪽문 사이로 부엌에 있는 엄마와 할머니의 다정한 모습이 보였다. 두 사람은 고부간이지만 서로를 끔찍하게 위했다. 엄마가 시집온 지 십여 년이 넘었어도 집안 살림살이는 모두 할머니 뜻대로였다. 하지만 엄마는 할머니를 진심으로 위하고 따랐다. 그래서 그런지 한집에 살면서 서로 불편해하는 모습을 본 적이 없었다.

해삼 초무침을 하던 엄마가 그릇을 할머니에게 내밀었다.

"어머님, 식초 더 넣을까요?"

"아니다. 새콤달콤하니 아주 맛나다. 애비가 잘 먹겠구나."

어느새 담장 밖은 칠흑 같은 밤이 밀려와 있었다. 저녁을 먹고 난 온 가족이 마루에 둘러앉았다. 파리한 얼굴로 누워 있는 내 옆에서 언니는 아버지 주위를 나비처럼 사뿐사뿐 돌아다니며 부채질을 했다.

"우리 정희가 못 보던 새 아주 이쁘게 컸구나."

아버지는 언니를 품 안에 꼭 껴안고 볼에 뽀뽀를 했다. 나는 하루가 다르게 키가 자라고 통통하게 살이 오르는 언니를 부러운 눈으로 바라보았다. 나도 언니처럼 아버지에게 귀여움을 받아봤으면 소원이 없을 것 같았다. 아버지는 어쩌다 다른 볼일로 방에 들어와 누워 있는 내 곁을 지날 때면 깊은 한숨만 흘렸다. 그 한숨 소리가 우리 집 전체를 무겁게 내리눌렀다. 나는 그때마다 그 자리에서 없어지고 싶었다.

밤이 깊어지니 하늘엔 수많은 별들이 반짝거렸다. 그 하늘을 가로질러 은하수가 저쪽 어디론가 슬픔처럼 흘러갔다. 나도 모르게 고인 눈물 때문에 별들은 흐릿하게 흔들리면서 아득히 멀어져갔다.

고모가 신바람을 내며 삶은 고둥과 바지락을 따로따로 양푼에 담아 왔다. 온 가족이 둘러앉아 바늘을 하나씩 들고 고둥 알맹이를 빼 먹었다. 아버지는 삶은 바지락 국물을 그릇째 들고 후루룩 마셨다.

"그래, 바로 이 맛이야. 전에 군대에 있을 때 가장 먹구 싶은 게 여기에서 나는 바지락이었다구."

"수청구지에 바다가 읎구 돈으루 사먹는다면 이렇게 해물을 흔

전만전허게 먹을 수 있겠니? 땅이 비옥허구 물이 흔해서 벼 농사
두 잘되지. 고구마구 감자구 마늘이구 심기만 허먼 알이 굵구……
여기만 한 동네가 있을라구……"

할머니가 흡족한 표정을 지었다.

"요즘 갯바닥엔 유난히 바지락이 많데유? 굴이랑 고둥두 바위너
설에 덕지덕지 붙어 있던 걸유."

삼촌이 신이 나서 짓떠들었다. 얼마나 고둥이 많으면 바위에 덕
지덕지 붙어 있을까? 나도 한번 가보고 싶지만 걷지도 못하는 데
다 찬바람을 쐬면 더 아파서 언제나 한번 가볼지 알 수 없었다.

"오빠, 나두 이번 겨울에 고둥 잡아서 돈을 많이 모았어."

고모가 비틀이고둥을 쪽쪽 소리 나게 빨며 말했다. 할아버지 돌
아가신 후 나까지 앓아서 집안 사정이 좋지 않으니까, 고모는 고등
학교 가는 걸 그만두고 집안일을 도우며 갯벌에 나가 바지락을 잡
았다. 할머니를 닮아 몸매가 낭창낭창하고 얼굴이 갸름하니 웃는
모습이 예뻤다.

"이제 넌 돈타령은 그만혀. 돈 욕심을 부리자면 끝이 있겠니?
살림두 배우구 바느질두 배우면서 처녀답게 단장 좀 허여. 아가씨
얼굴이 그게 뭐냐? 바닷바람에 그을려 볼 수가 읎구나."

할머니에겐 바닷바람과 햇볕에 그을려 새카매진 고모의 얼굴이
마음에 안 차는가 보았다.

"가난헌 우리 집 살림살이에 갯바닥에 나가 일허지 않구 살 수

있다먼 월마나 좋겄어유? 나두 다른 애들처럼 고등학교두 가구 놀
구 먹구 치장만 허게 돈 내놔봐유."

고모가 트적질하며 되쏘았다.

"낳어주구 키워줬으면 됐지 계집애가 뭘 더 바라?"

"흥, 그런 건 짐승두 햐. 어머니두 라디오 좀 들어봐유. 지금이
남자 여자 가리는 세상인 줄 알우?"

고모가 입을 삐죽거렸다. 할머니는 고모한테 말이 딸려 직수굿
해졌다.

폭우

　나는 잠이 적어 일찍 깨곤 했다. 새벽에 깨어나면 나는 가만히 누워 일찍 깬 새소리와 식구들이 움직이는 온갖 소리에 귀를 기울였다. 어둠이 조금씩 물러가는 모습도 보았다.

　식구 중에 제일 먼저 일어나는 건 엄마였다. 엄마는 일어나자마자 마루 귀퉁이에 벗어둔 하얀 앞치마를 띠고 부엌으로 갔다. 다음에는 아버지가 깨어나 아궁이를 치우느라 삼태기로 재를 퍼다 잿간에 부었다. 그때쯤에는 소도 고개를 들고 뒤척거렸다. 아침 짓는 연기가 마당에 낮게 깔리면, 비로소 사방이 부옇게 밝아졌다.

　어느 날 아침, 유난히 머리가 어지럽고 땅 밑으로 꺼질 듯 기운이 없었다. 내 기색을 살피던 할머니가 벽장에서 겨울에 동틀 바다에서 뜯어 말려둔 돌김을 꺼내 왔다. 소반 위에 펼쳐놓고 들기름을 바르고 소금을 뿌리는 동안 마룻바닥에 엎드려 있었다. 병든 닭마냥 눈꺼풀이 처진 내 눈에는 헛것이 보여 마루 위에 떨어진 소금이 별처럼 반짝거렸다. 할머니가 김을 차곡차곡 재어 부엌 샛문으로 엄마한테 건네자 금세 김 굽는 고소한 냄새가 퍼졌다.

새벽 댓바람에 들로 나갔던 아버지와 삼촌이, 어느 결에 꼴을 베어다 헛간에 부려놓고 함께 여물을 썰고 있었다. 할머니가 납작하게 마룻바닥에 붙어 있는 나를 보며 부엌에 대고 말했다.

"에미야, 밥 다 됐걸랑 어여 봉희부터 퍼줘라. 얘가, 뭐구 안 먹으니께 더 기운두 읎구 자꾸 아픈 겨."

엄마는 이내 김과 함께 찐 박대, 달걀찜 따위가 올려진 쟁반을 들고 들어왔다. 엄마는 나를 일으켜 안고 가시를 발라낸 박대 살을 밥 수저 위에 얹어 입에 넣어주었다. 밥이 혀에 달라붙어 좀처럼 넘어가지 않았다. 그렇게 먹여주어도 내 양은 몇 숟가락이 전부였다. 그래서 아홉 살 먹은 내 몸집은 다섯 살 어디쯤에서 성장이 멈춘 듯 아주 작았다. 엄마는 더 못 먹여 애를 태워 시무룩했다. 우울한 얼굴로 다른 식구들의 아침상 때문에 부엌으로 나갔다.

"에미야, 봉희한테 물그스름허게 잣죽을 쒀 먹여보믄 워떻겠니?"

"예. 어머니, 점심 땐 그래야겠어유."

엄마가 힘없이 대꾸했다.

삼촌과 언니가 학교에 가려고 집을 나설 무렵 하늘이 흐려졌다.

둘은 우산을 챙겨가지고 갔다.

고모와 아침상을 치우고 난 엄마가 약단지에 달인 약을 베 보자기에 넣고 짰다. 하얀 약사발을 들고 들어오자 나는 먹기 싫어 저절로 얼굴이 찡그려졌다. 전에는 약을 먹지 않으려고 발악해서, 양팔을 짓누르고 입에 강제로 떠 넣은 적도 있었다. 나는 싫어도 쓴 약을 말없이 받아 마셨다. 약을 잘 먹으면 언젠가는 걸을 수 있다고 믿었기 때문이었다.

건너편 산 위로 시커먼 먹구름이 몰려왔다. 금세 우르릉 쾅쾅 땅을 흔드는 천둥소리가 나고 하늘을 찢을 듯 번개가 쳤다. 돌풍이 일어나 샘가에 있는 세숫대야를 날려버리고, 열려 있던 방문과 닭장을 부서져라 흔들었다.

한바탕 비가 퍼부었다. 하늘과 땅이 분간되지 않는 폭우였다. 비가 마루까지 들이쳤다. 풋대추와 땡감, 몇 개 달리지 않았던 모과 열매까지 모조리 떨어져 마당에 뒹굴었다. 나는 왠지 후련한 기분으로 들이치는 굵은 빗줄기를 그냥 하염없이 바라보고 있었다.

밀물 때라, 시퍼런 동틀 바다는 강풍에 휩쓸려 거칠게 요동칠 것이다. 성난 파도가 으르릉거리며 바위산의 절벽과 방파제를 덮치는 모습이 눈에 선했다. 그 방파제 위에 서 있고 싶었다.

바깥마당을 내다보니 온통 난장판이었다. 이파리가 찢겨진 오동나무 생가지들이 어지러이 나뒹굴었다. 하지만 순비기나무는 말짱했다. 줄기가 땅바닥에 기듯 낮게 벋어서 거친 비바람에도 잎과 꽃이 별로 다치지 않았다.

점심을 먹고 물꼬를 보러 들에 간 아버지는 오후 내내 돌아오지 않았다.

마루에 누워 있는 내 곁에서 할머니와 엄마가 바느질을 했다.

"웬 비가 종일 쏟아지나 물르겠네."

"올핸 유난히 비가 많이 오시네유. 되린님이랑 정희가 냇물이 불어 학교에서 돌아오기 힘들 텐디…… 고깃배 부리는 사람들은 괜찮은지 모르겠어유……"

"이렇게 쏟아지다간 올 농사 다 망치것구면. 동틀 서방님이 이런 궂은 날은 배를 타지 마셔야 허는디……"

할머니가 하늘을 걱정스레 쳐다보고 있는데 아버지가 비를 홀딱 맞고 지친 얼굴로 들어왔다.

"에구, 고뿔 들었다. 애비 혼자 농사치 건사허기 힘들어서 머슴을 들여야 쓰겄어."

할머니가 늘 하는 말을 곱씹었다. 아버지가 비에 젖은 머리털을 수건으로 털며 말했다.

"머슴 들일 일거리나 있나요. 뭣이든 돈이 좀 될 일을 해야겠는디, 다른 지방에서는 겨울철마다 바다에 김살 매는 일이 제법 돈이 된다구들 허대요, 그거나 알아볼까 해요."

엄마가 느닷없이 내 어깨 밑에 손을 넣어 몸을 일으켜 앉히며 말했다.

"봉희야, 그렇게 누워만 있어서 워떡혀? 오늘은 우리 봉희, 아버지 계신 데서 한번 일어서보자."

하지만 내 아랫도리는 뼈 없는 문어처럼 흐느적거렸다. 다리까지 일으켜 세우자, 아주 잠깐 엄마를 붙잡고 발발 떨다가 곧 허물어져버렸다. 안 그래도 창백한 내 얼굴이 힘들고 겁먹어 더욱 하얗게 질렸다.

엄마는 축 늘어진 나를 안아 무릎 위에 올려놓고 속옷을 내렸다. 궁둥짝을 짯짯이 들여다보고 흐물거리는 다리를 만져도 보았지만 아버지는 눈길을 주지 않았다. 고개를 돌려 외면한 채 할머니한테 말했다.

"어머니, 얘가 평생을 걷지 못하면 어떡한데요?"

"그것두 다 우리 집안 운수소관인디 워척허겄니? 하필 그때 느이 장모가 돌아가셔서 치료헐 기회를 놓친 것두 그렇구, 네가 군대가 있어서 일찍 큰 병원에 가보지 못한 것두 그렇구……"

할머니가 내 쪽으로 몸을 굽혀 헬쑥한 이마를 짚어보았다. 바싹 마르고 가냘픈 내 작은 손도 잡아보았다. 떼꾼한 내 눈을 들여다보는 할머니의 눈 속에 눈물이 괴었다. 그것을 보이지 않으려고 옆에 놓인 누런 종이 봉지에서 담뱃잎 썬 것을 꺼냈다. 종이에 돌돌 말아 불을 붙여 깊숙이 빨았다. 담배 연기를 내뿜으며 마당을 멍하니 바라보았다.

바람은 조금 잦아들었지만 여전히 비가 추적추적 내리고 있었다.

침묵 때문에 빗소리가 더욱 크게 들렸다.

침묵이 견디기 힘들었던지 아버지가 입을 열었다.

"어머니, 담배 너무 많이 피우지 마세요. 건강에 해롭잖아요."

"이 담배나마 읎으면 못 살겄어. 느이 아버지 갑자기 돌아가시구, 봉희 아플 때두, 너 그렇게 군대 가서 쉽게 제대 못 혀 답답헐 때두, 이게 친구였으니께……"

또 모두 입을 다물어서 다시 빗소리만 들렸다. 아버지는 물론 온 식구가 나 하나 때문에 결코 마음을 밝게 가질 수 없었다. 나는 내가 싫었다. 그렇지만 누구는 아프고 싶어서 아픈가? 웃어준 적도, 따뜻하게 말상대 한 번 해준 적도 없는 아버지가 야속했다.

김 농사

겨울이 가까운 어느 날, 우리 집 마당은 새파란 대나무로 가득
찼다. 김살을 만들기 위해 이웃 마을 대밭에서 사 온 것이었다.

아버지는 그전부터 김살 매는 방법을 알기 위해 애썼다. 어느 때
는 섬사람들을 만나러 가느라 며칠씩 집을 비우기도 했다.

동네 사람들이 몰려들어 구경도 하고 대나무 쪼개는 것을 도와
주기도 했다. 그도 그럴 것이, 아버지가 우리 동네에서 처음으로
김살을 매기 때문이었다. 아버지는 잘게 쪼갠 대나무를 일정하게
잘라서 묶더니 바다로 날랐다. 다른 집 지게까지 빌려다가 여럿이
줄줄이 져 날랐다. 할머니는, 돈이 많이 들었는데 김이 대나무에
잘 붙어주지 않으면 괜히 애만 쓰는 거 아니냐면서 큰 손해를 볼까
봐 염려했다.

옷을 두껍게 껴입은 아버지는 고무 바지와 장화를 신고 뻘밭 먼 곳까지 나가 날마다 김살을 맸다. 처음엔 김살이 바닷물에 휩쓸려 가거나 김살에 김은 안 자라고 다른 해초들만 엉겨 붙는다고 걱정이 컸다. 하지만 나중엔 제법 새카만 김들이 자라서 물살에 일렁거린다며 좋아하셨다.

아버지는 김을 재배하는 데 온 정신이 팔린 듯했다. 날마다 바다에 나가 살다시피 했다. 눈이 많이 내린 어느 날, 마침내 아버지는 김을 뜯어 지게에 그득 지고 왔다.

"자아, 이 김 좀 봐라. 우리 김 농사는 이만하면 성공이다."

아버지는 껄껄 웃었다. 나는 속으로 놀랐다. 아버지도 저렇게 환하게 웃을 때가 있구나. 아버지도 저런 면이 있구나. 늘 딱딱하게 굳은 얼굴만 봤기 때문에 웃는 모습이 도리어 낯설고 어색했다. 아버지가 원래는 그렇지 않았는데 나 같은 불구 자식을 두어 웃음을 잃어버린 건 아닐까, 그 뒤로 나는 늘 그런 생각을 하게 되었다.

온 가족이 마당에 모여 김을 물에 빨고 다졌다. 그리고 김발을 네모 진 틀에 넣고 김을 떠서 한 장씩 널어 햇볕에 말렸다. 김을 낱장으로 만드는 데는 손이 많이 갔다. 날마다 밖에서 일을 하다 보니 온 식구의 얼굴과 손이 시퍼렇게 얼었다. 삼촌은 손등이 터져서 피가 나기도 했다.

나도 무얼 좀 도와보려고 애를 썼다. 하지만 몸을 일으켜 겨우 벽에 기대앉을 수 있을 뿐이라 이렇다 하게 할 일이 없었다. 그래도 하도 내가 조르니까 나중에 마른 김들을 백 장씩 세어 한 톳으로 묶는 일을 맡겼다. 나는 대단한 일이라도 하는 사람처럼 정성을 다했지만 이내 지쳐 누워 있어야 했다.

햇볕에 잘 말린 김들은 대천장에 갖다 팔았다. 김 덕분에 우리 집은 다른 집보다 풍족해졌다. 김은 내 약값이 되고 가족들의 생필품 값이 되었다.

아버지를 본받아 이 집 저 집 김살을 맸다. 욕심이 많은 작은할아버지도 따라서 맸는데, 아버지가 방법을 가르쳐드리느라 자주 불려갔다. 하지만 생각보다 수확이 좋지 않아 화가 났다는 말이 들렸다.

들판엔 김을 말리는 밀짚으로 엮은 벽들이 겹겹이 쳐졌다. 집집마다 짚더미나 담장에 멍석을 치고 김발을 꽂아 말리기도 해서, 온 동네가 김에 덮인 것처럼 보일 정도였다. 동틀 바다는 이제 김 농사를 짓는 논이 된 셈이었다.

반짇고리

우리 집 안엔 언제나 한약 냄새가 가시지 않았다. 내 약을 달이
느라 약단지가 빌 새가 없었기 때문이었다. 약을 먹은 덕분인지 내
몸피는 조금씩 커졌다. 순비기나무처럼 바닥을 기어도 나는 조금
씩 나아져갔다. 기침이 멎고 어지럼증도 어지간히 가시자 나는 다
른 사람의 도움 없이 혼자 마루로 뭉개고 나가 앉아 있을 수 있게
되었다.

우리 집엔 오래된 반짇고리가 하나 있었다. 왕골 바구니에 꽃분
홍색 비단 천을 덧씌워 만든 둥근 함이었다. 그것은 오래전부터 할
머니 방 옷궤 위에 보물처럼 놓여 있었다.

그 반짇고리에는 많은 것들이 들어 있었다. 물고기 눈처럼 투명
한 단추, 누우런 마고자 단추, 금박 입힌 단추와 앙증맞은 골무,

엿처럼 꼬여 있는 타래실과 갖가지 색실들, 크고 작은 여러 종류의 바늘, 폭신한 바늘꽂이 따위가 뒤섞여 있었다. 나는 그런 것들이 아주 신기하고 예뻤다.

내가 매일 뒤적거리니까 할머니는 아예 그 반짇고리를 나한테 주었다. 나는 그날부터 누가 가져갈세라 그것을 늘 곁에 두고 지냈다. 밥을 먹을 때도 잠을 잘 때도 늘 옆에 끼고 있어야 마음이 편했다.

반짇고리에 든 물건 중 내가 가장 많이 만지작거린 것은 갖가지 천 조각들이었다. 해당화보다 더 붉고 화려한 공단 천, 물빛이 어른거리는 양단 천, 리본을 만들면 좋을 것 같은 파란 비단 조각…… 그것들이 내 마음에 쏙 들었다. 할머니는 못 쓰는 천 조각을 다른 집에서까지 모아다 주었다. 반짇고리만 붙잡으면 우리 봉희가 조용하게 잘 논다고, 할머니는 남들한테 말하곤 했다.

새로 얻어 온 천의 자주색 목단 꽃무늬가 하도 예뻐서 내가 한참 들여다보고 있는데 할머니가 불쑥 말했다.

"봉희야, 너 수 한번 놓아볼래?"

할머니는 미처 지어 입지 못하고 농 속에 둘둘 말아 넣어둔 옥양목을 꺼내더니 조금 끊어냈다. 그리고 거기다가 서툴게 밑그림을 그려주고, 그 천을 수틀에 끼우는 걸 보여주었다. 나는 할머니가 가르쳐주는 대로 수를 놓았다. 나무줄기, 이파리, 들국화 같은, 쉽고 간단한 모양의 십자수였다.

나는 수놓기에 재미를 붙였다. 달리 할 일이 없기도 했다. 놓을수록 솜씨가 늘어 밥 먹는 것도 귀찮을 때가 있었다.

어느 날 삼촌이 마루에서 수를 놓고 있던 나에게 업히라고 등을 내밀었다. 나는 수틀을 얼른 반짇고리에 넣고 삼촌한테 업혔다. 삼촌의 넓고 단단한 등이 좋았다. 삼촌은 어리지만 병약한 내 마음을 건드리는 법이 없었다. 늘 살갑게 비위를 맞추고 나를 업고 마을 주변을 샅샅이 돌아다녔다. 삼촌은 바다와 들판으로 나를 데려다주는 발이었고, 모든 소식을 담아 전해주는 귀였다.

나한테 글을 가르쳐준 것도 삼촌이었다. 나는 그런 삼촌을 믿고 의지했다. 삼촌과 함께 있으면 아프다고만 하고 어리광을 부리는 버릇이 사라졌다. 시무룩하고 무뚝뚝한 내가 삼촌 앞에서는 참새처럼 조잘거렸다. 삼촌은 내가 기어 다닐 때 걸리지 않게 새끼줄이나 돌 조각, 막대기 따위를 치워주거나 늘 앉아 지내기 때문에 굳은살이 박여 아픈 내 엉덩이를 위해 나무 널판으로 깔개도 만들어주기도 했다.

삼촌에게 업혀 나간 바깥마당은 조용했다. 마당 가 오동나무가 우산만 한 잎을 달고 있었다. 그 옆 돌무더기 위로는 잔털 많은 순비기나무가 우거져 있었다. 은빛 줄기에 달린 예쁜 꽃에서 나는 쌉싸래한 냄새는 솔잎 향 같았다.

삼촌은 담 그늘 밑에 나를 내려놓았다. 바지 뒷주머니에서 꺼내어 내민 것은, 겉표지가 알록달록한 『명랑』이라는 잡지였다.

"심심할 텐데 읽어보렴."

잡지를 무심히 한 장 한 장 들추다가 나도 모르게 그 속으로 빨려 들어갔다.

잡지에는 처음 보는 사진들이 많았다. 임금님이 살았다는 궁궐도 있었다. 솟을대문 안쪽 넓은 마당엔 잔디가 깔려 있고 연못가의 정자에는 한복 차림의 배우가 웃고 있었다. 눈 덮인 산비탈에 지은 뾰족 지붕의 서양식 집들도 들어 있었다. 아랫단이 우산처럼 넓게 펼쳐진 치마를 입고 레이스 달린 블라우스에 금발을 늘어뜨린 외국 여자들은 정말 예뻤다.

방 안과 마루, 바깥마당과 우리 동네 수청구지…… 눈에 보이는 것밖에 모르는 나였다. 잡지 속의 낯선 것들은 나를 다른 세계로 끝도 없이 둥둥 떠가게 했다.

시간이 흐르면서 햇빛이 점점 따갑게 쏟아졌다. 삼촌은 땡볕에서 잡지를 정신없이 들여다보고 있는 내게 말했다.

"여긴 그늘이 없으니께, 그만 안으로 들어가서 보자."

나는 다시 삼촌 등에 업혔다. 하지만 삼촌이 마루에 데려다 놓는 동안에도 나는 책에서 눈을 떼지 못했다.

오후 내내 아름다운 사진들을 들여다보다가 무심코 내 바지에 눈이 갔다. 늘 기어 다녀 바지의 아랫단이 닳고 무릎은 구멍 나 너덜거리고 있었다.

나는 반짇고리 속에서 빨간 공단 천을 꺼냈다. 해진 무릎 부분에 공단 천을 대보았다. 괜찮아 보였다. 구멍 땜하듯 붙여 꿰맸다. 튀어나온 부분이기 때문에 천이 들뜨고 우글거렸지만, 우선 구멍이 메워졌다는 것만으로도 성공한 셈이었다. 무엇보다 내가 해냈다는 게 기쁘고 즐거웠다.

늦은 오후에 부엌일을 끝낸 고모가 그것을 보았다.

"이거 니가 꿰맸냐? 엉뚱하게 빨간 색깔이 뭐여. 어릿광대두 아니구."

무릎에 댄 빨간 공단이 어울리지 않아 우스꽝스러웠던지 고모가 심술쟁이처럼 말하면서 깔깔 웃었다.

"시상이나, 니가 꿰맨 거니? 단추 하나두 못 다는 니 고모보다 낫다야. 색깔만 잘 맞췄으면 멋질 뻔혔다. 안 그러니, 에미야? 내가 뭐랬냐, 봉희는 아주 영리허다구 혔잖어."

"네에, 그러게요. 가르쳐준 적두 없는디 제법 잘 꿰맸네유."

할머니의 호들갑에 엄마가 맞장구를 쳤다.

"이 책 좀 봐유. 팔꿈치랑 무릎에 가죽을 댄 옷이 있잖유. 이것 보구 한번 해본 거유."

내가 잡지를 보여주며 떠들었다.

"봉희 너 솜씨 참 좋다. 사진만 보구 금방 바느질을 헐 수 있다니, 그거 아무나 못허는 거여."

삼촌의 칭찬에 가슴이 뿌듯해져 나는 헤벌쭉 웃었다. 우쭐한 기분으로 헝겊을 꺼내 차곡차곡 개고 있는데 아버지가 들어왔다.

"요새 아픈 소리를 덜하더니 봉희 얼굴이 나아졌네요?"

"이뻐졌지? 쟤가 솜씨가 예사롭지 않어."

할머니가 나를 추어올렸다.

"그런디…… 솜씨가 좋으면 뭐헌대유…… 한창 학교 다닐 나이인데 저러고 있으니……"

아버지가 냉랭하게 남처럼 말했다. 내 얼굴은 도로 일그러졌다. 아버지의 차가운 얼굴빛을 보자 가슴 한 켠이 저렸다. 이럴 때 늘 그러듯이, 엄마의 야윈 얼굴이 죄나 지은 듯이 숙여졌다.

"그래두 애 듣는디 자꾸 그런 말허면 뭣혀. 다 내 팔자가 사나워서 저렇게 됐느니 허구 서루 팔자 탓으루 돌려야지 워척허겄니…… 휴우, 어린것이 종일 앉아 지내는 것을 볼 때마다 난 얼마나 가슴이 미어지는지……"

할머니가 혼잣말처럼 말했다. 아버지가 사랑방으로 건너가며 거칠게 문을 닫았다.

제3부

삼촌의 그리움

과거는 모두 기억되지 않는다. 어떤 장면들, 무슨 까닭인지 잊히지 않는 그런 장면들로 기억되는 게 과거인 것 같다. 강물에 뿌려진 사진처럼, 그 장면들은 세월의 흐름 속을 떠내려가다가 어느 때 문득 기슭에 멈춘다.

지금도 '삼촌'하면 맨 먼저 떠오르는 장면은 닭장을 만들고 있는 모습이다. 삼촌이 중학생일 때였다.

어느 날 학교에 갔던 삼촌이 점심때가 지나서 돌아왔다. 삼촌은 오뉴월에 오이 크듯 자랐다. 얼마 전까지도 헐렁했던 교복이 이젠 몸에 꽉 조여 불편해 보였다. 중학생이지만 덩치도 크고 얼굴이 너부데데한 게 고등학생쯤으로 보였다.

"학교 다녀왔습니다."

삼촌이 모자를 벗자 빡빡 민 알머리가 드러났다. 부엌에서 나오던 엄마가 화들짝 놀라 눈을 크게 떴다.

"되린님, 이를 어째, 어깨 실밥이 터져서 살이 훤히 보이네유. 꿰매줄게 어서 벗어주세유."

삼촌은 미안스러운 얼굴로 얼른 하얀 교복 윗도리를 벗어주었다. 엄마는 반짇고리에서 실을 꺼내어 기웠다. 나는 날렵한 솜씨로 박음질하는 엄마의 바늘 쥔 손을 자세히 들여다보았다. 얼마나 오래 반복해야 저렇게 바늘땀이 기계로 박은 것처럼 고르게 꿰맬 수 있을까? 신기했다.

"라디오서 태풍이 올 거라구 허던디 하늘이 멀쩡허구나."

할머니가 방에서 마루로 나오면서 하늘을 올려다보았다. 하늘엔 햇 솜덩이 같은 흰 구름이 뭉게뭉게 피어 있었다.

"아범은 아직 사랑방에 있니?"

"예, 피곤헌가 봐유. 점심 먹구 여태 코 골면서 자구 있슈."

엄마가 말하며 삼촌 방 횃대에 교복을 걸어두고 나왔다.

삼촌은 어느새 굴뚝 모퉁이로 돌아가 무언가를 만드느라 뚝딱거렸다. 망치 소리에 낮잠이 깬 아버지가 짜증이 잔뜩 묻은 얼굴로 사랑방에서 나왔다.

"쟤는, 뭐하느라 망치질이지? 눈 좀 붙이려구 했더니 시끄러워서 원…… 잠시두 가만있질 않네."

"덕배는 월마나 부지런헌지 핵교서 오면 잠시두 쉬질 않어. 쇠죽두 쑤구, 엊그제는 책장을 짜놓더니 오늘은 닭장을 만든다너먼."

할머니가 삼촌 칭찬을 늘어놓았다.

"그래도, 어머니도 그렇게 덕배를 감싸지만 마세요, 쟤를 언제까지나 데리고 있을 수는 읎잖유. 자기 집에 가서 적응할 수 있게, 이젠 작은아버님께 돌려보내야쥬."

"그래야지…… 덕배 어미가 죽구 처음 데리구 올 때는 주먹만 한 갓난쟁이였는디 저렇게 컸구나. 애가 순혀서 울지두 않었지. 느이 작은아버지 댁에 데려다 주면 도로 오고, 혼내서 되돌려 보내면 다시 제 발루 여기루 찾아오구 헌 것이 이젠 한식구가 되었어."

"거참, 작은아버지 속은 알다가도 모르겠슈. 덕배는 총명하고 말도 적고 무던한 앤데 왜 미워만 하실까? 허긴, 작은아버지가 전부터 누굴 한번 미워하기 시작하면 기어이 끝장을 보곤 했쥬. 먼저 작은어머니도 그렇게 구박하시더니만……"

"세상천지에 서방님처럼 께까닥스러운 사람은 읎을 겨. 옛날부터 술망나니에…… 지금은 미친 사람처럼 덕배가 눈에 띄면 매 타작허잖니…… 그나마 덕배를 우리 집에두 못 있게 헌다믄 어린것이 워디에 몸 붙이겠니. 까딱허다 애 하나 버릴 것 같아서 중학교 졸업헐 때까지만 여기 있다가 제 집으루 가라구 혔다. 이것두 다 인정 많은 니 안식구 마음여."

덕배 삼촌의 친엄마인 청양댁은 나한테는 작은할머니였다. 청양댁은 살림을 잘하고 모든 사람에게 친절하고 얼굴도 예뻤다고 한다. 작은할아버지는 일을 하지 않으면 않는다고, 하면 잘 못한다고 꼬투리를 잡아 상을 엎고 살림을 부수며 매질을 일삼았다. 그 버릇을 고쳐보려고 청양댁은 애교도 떨고 바른 말도 해보고 앞치마를 뒤집어쓰고 바닷물에 빠져 죽는 시늉까지도 했다. 그러나, 작은할아버지의 버릇은 고쳐지기는커녕 더 심해져만 갔다. 청양댁은 결국 못 견디고 집을 나가버렸다.

"그때 그분은 집을 나간 뒤 무슨 일로 교도소에 들어갔데유?"
아버지가 물었다.
"나두 잘은 물러. 하여간 청양댁이 무슨 일에 휘말려 임신헌 채로 교도소에 들어가 거기서 애를 낳았넌디, 나올 때가 돼서 보니 애를 달구는 살아갈 방도가 읎는겨. 그래서 몰래 나헌티 연락을 했더구나. 덕배가 불쌍허구, 나대로 속셈이 있어서, 말귀 알아들을 때까지 키워줄 텡께 나헌티 맡기라구 헀어. 청양댁 뒤에 들어온 원산도댁, 그러니께 지금 네 작은어머니 몸에서두 애 소식이 읎었거든. 아무리 봐도 시동생님네 대가 끊어질 것 같어서…… 얼마 있다가 우리 집에 개구멍받이로 들어왔다고 속이구, 작은아버지더러 양아들로 삼으라구 헀지. 장남인 네 아버지가 돌아가셨으니께, 민씨 집안을 위해서는 내가 그렇게 책임져야 된다구만 여겨졌어……"

할머니의 말씀은 계속되었다.

처음에 삼촌이 한두 마디 서투른 말로 재잘거릴 땐 아주 예뻐하던 작은할아버지였단다. 그런데 삼촌이 대여섯 살 넘어 어떻게 알았는지 청양댁 애라는 걸 알고 나서부터 아주 미워하기 시작했다고 한다. 싫다고 도망간 마누라가 다른 사내 만나서 낳은 애를 왜 키우느냐고 당장 데려다 주라면서 할머니를 원망했단다.

"내가 서방님헌티 당한 수모를 생각허믄…… 그래두 그 갖은 구박 속에서두 덕배는 밝고 듬직허니 잘 컸어. 책을 많이 읽어 그런지 한마디를 혀두 꼭 옳은 소리만 허는 애지."

거기까지 말하곤 할머니가 갑자기 목소리를 낮추었다. 삼촌이 안으로 들어왔기 때문이다. 삼촌은, 묵묵히 펌프가 있는 샘가로 가양은 세숫대야 가득 물을 퍼 얼굴을 씻기 시작했다. 수건으로 얼굴을 훔치고 나서 다시 사랑방을 지나 굴뚝 모퉁이로 돌아갔다. 삼촌은 할머니와 아버지가 나누는 대화를 들었는지 못 들었는지 무표정한 얼굴이었다.

눈치 빠른 삼촌이 아직까지 자신의 출생의 비밀을 전혀 모를 리는 없었다. 알면서도 내색하지 않는 게 아닐까 싶었다. 오늘따라 삼촌의 모습이 어미 잃은 강아지 같았다.

나는 닭장이 있는 굴뚝 모퉁이를 힐끗거렸다. 삼촌은 닭장 옆에서 묵묵히 톱으로 나무토막을 자르고 있었다. 그러다가 뜬금없이 좀 퉁명스럽게 말했다.

"생각해보니 우리 어머니는, 청양 산골 사람이라 바다 일을 못했을 꺼…… 걸핏하면 화를 내는 아버지가 힘들었을 거구……"

삼촌의 말을 듣는 순간, 그럴 수 있겠다는 생각이 들었다. 그리고 삼촌이 그동안 얼마나 돌아가시고 없는 자기 어머니에 대해 많은 생각을 해왔는지 알 것 같았다. 나는 삼촌이 그리움과 슬픔을 꾹꾹 억누르며 사는 사람 같아서, 어쩐지 전보다 더 가깝게 느껴졌다.

바위산에 새긴 말

마루에서 책을 읽고 있는데 삼촌이 등을 내밀었다. 나는 얼른 업혔다. 바깥마당은 조용했다. 쏟아지는 여름 햇볕 때문에 마당가의 우산만 한 오동나무 잎이 시들어 축 처져 있었다.

삼촌은 증골 고개를 넘어 풀이 우거지고 울퉁불퉁한 개흙 둑을 가로질러 갔다. 삼촌은 땀을 흘리며 그날따라 꽤 멀리 갔다.

삼촌의 단단한 등에 업혀 가는 동안 갑자기 슬픈 마음이 들었다. 내가 한쪽 다리로 절룩거리면서라도 삼촌과 나란히 걸을 수 있다면 얼마나 좋을까? 그동안 천근만근인 하체를 질질 끌며 방구석으로 기어가, 일어서보려고 벽을 붙들고 얼마나 안간힘을 썼던가. 손톱이 까지고 바닥에 패대기쳐져 머리를 다친 적도 있다. 그렇게 버둥거린 후엔 으레 심한 기침과 고열로 몇 날을 앓아누워야 했다. 앞으로도 평생 이렇게 업혀 다녀야 한다면 그보다 한심한 노릇이 없을 터였다.

"봉희야, 너 무슨 생각 허니? 저기 좀 봐. 저 바위들 사이에 핀 나리꽃들 안 보이니? 정말 예쁘다……"

"응……"

나는 비로소 주위를 둘러보았다. 우리가 오르고 있는 바위투성이 사이사이로 노란 나리꽃들이 활짝 피어 있었다. 삼촌이 나를 업은 채 거칠고 뾰족뾰족한 돌 틈 사이를 거침없이 걸어 올라가는 게 신기했다. 낮게 뻗친 나뭇가지들을 헤치고 한참 올라간 다음에야 우리는 마당만큼 넓은 바위에 도착했다.

"자— 다 왔다. 여기 앉자."

삼촌은 나를 내려놓고 환하게 웃었다. 그리고 내가 다칠까 봐 바닥에 널린 나뭇가지나 돌조각 따위를 치워주었다.

나는 우리 동네에 이런 곳이 있다니, 하고 깜짝 놀랐다. 그곳은 근방이 모두 바라다보이는 벼랑 위였다. 늘 멀리서만 보던 풍경이 코앞에 있었다. 햇빛이 반사되어 기름칠을 한 듯 까맣게 번들거리는 갯벌은 오목하면서도 아주 넓었다. 바다 가장자리의 모래벌판도 선명하게 보였는데, 곱고 하얀 모래가 유리 조각처럼 반짝거렸다. 물총새와 갈매기 들이 갯바람 속에 섞여 황홀하게 날고 있었다.

"내가 가끔 혼자 오는 데여. 워뗘? 바다 멀리까지 내다보이구 증말 좋지?"

"진짜 멋있어. 우리 집 가까이에 이런 디가 있는 줄 물렀네."

"네가 좋아헐 줄 알구 꼭 한번 여기에 데려오구 싶었어."

나는 벼랑 끝에 가보고 싶었다. 꼭 그 후미진 곳에서 물너울이 한꺼번에 밀려올 것만 같았다. 그러나 삼촌은 위험하다고 말렸다. 그 대신 나무 그늘에 나를 안아다 놓고는 먹을 걸 찾아보겠다고 벼랑을 피해 바다 쪽으로 내려갔다.

짭조름한 갯내음과 함께 뻘 속에서 갯것들이 자치락거리는 소리가 들렸다. 나는 흡사 꿈을 꾸는 것 같았다. 그냥 한없이 그 적막하고 아름다운 풍경 속에 혼자 있고 싶기도 하고, 삼촌이 영영 돌아오지 않는다면 어쩌나 해서 무섭기도 했다. 그럴 리는 없었다. 삼촌은 곧 온다, 와서 나를 업어준다…… 삼촌이 한없이 고마웠다. 나는 무심코 돌멩이를 주워 바위 바닥에 또박또박 썼다.

'민봉희는 삼촌이 좋다.'

글자는 알아볼 수 있게 쓰이지 않았다. 하지만 내 마음속에 그것은 돌에 조각을 하듯 깊이 새겨졌다. 돌멩이를 내려놓는 내 손이 가볍게 떨렸다. 이건 비밀이야. 여기는 내 비밀의 장소야. 나는 속으로 중얼거렸다.

얼마 후에 삼촌이 조개를 한 줌 가지고 올라왔다. 개흙이 여기저기 묻어 있는 조개를, 삼촌은 돌멩이로 깨서 깠다. 삼촌이 꺼내 주는 조갯살은 짜면서도 달콤했다.

"삼촌, 평생 걷지 뭇허먼, 앞으루 나는 어떻게 살어?"

삼촌은 잠시 대답이 없었다. 수평선 저쪽을 그냥 바라보고 있었다. 갯물이 조금씩 채워지느라 갯벌이 고기의 은비늘처럼 번들거렸다.

"세상엔 어려운 사람이 많아. 너는 다리가 그렇지만, 다른 사람은 다른 게 안 좋단다. 나를 보면 알 수 있잖니…… 잘될 꺼. 너무 너만 힘들다구 생각허지 마."

삼촌이 어른처럼 말했다. 그때 문득, 어쩐지 삼촌 목소리가 굵직하게 변한 것 같았다.

작은할아버지

바위산에서 돌아오는 길에 누가 뒤에서 덕배야, 하고 불렀다. 작은할머니였다.

작은할머니는 가까운 원산도가 고향이라 원산도 할머니라고도 불렀는데, 삼촌의 어머니인 청양댁이 나간 후 작은할아버지가 새로 맞이한 두번째 할머니였다. 삼촌에겐 양어머니인 셈이었다.

함지박을 머리에 이고 주전자를 든 모습이 몹시 힘들어 보였다. 가뜩이나 거친 피부는 밤낮 일에 시달려 기미로 얼룩지고 머리카락은 하얗게 세기 시작했다. 삼촌이 뛰어가 주전자를 받아 들었다.

"어머니, 어디 가세요?"

"오늘, 아버지가 구멍 난 배두 땜질허구 페인트칠두 헌다구 혀서, 새참 갖다드리러 가능 겨…… 너는 별일 읎니?"

"예……"

저쪽에서 남자 어른들이 부둣가에 커다란 배를 올려놓고 거기에 붙어 일을 하고 있는 게 보였다.

"빨리 오기나 헐 것이지, 그딴 녀석은 뭘 불러!"

거칠한 목소리로 소리를 치는 사람은 일꾼들 틈에 낀 작달막한 작은할아버지였다. 작은할아버지는 까탈스럽고 성미가 불같았다. 하지만 할아버지가 안 계시므로 우리 할머니가 가장 의지하는 시동생이었다.

작은할머니가 소리를 낮추어 삼촌을 나무라듯 말했다.

"덕배야, 집에는 아예 왕래하지 않을 참이냐? 아무리 아버지가 몹시 대해두 니가 정을 붙여야지. 어쩜 한 번도 안 온다니?"

"그러잖어두 집에 한번 갈라구 혔어유."

삼촌이 계면쩍게 웃으며 대꾸했다.

"나 그동안 입두 뻥긋 안 혔는디, 만난 김에 이르마. 아버지가 무슨 말씀 허셔두 귀먹은 체허여. 말대꾸허지 말구. 그저 죽여줍쇼 허라니께. 아버지 성격 잘 알잖냐? 그러구, 나를 봐서 아무 때구 오구 싶을 때 집으루 넘어와."

"예, 예."

삼촌은 얼굴을 붉히며 대답했다.

삼촌이 작은할아버지 쪽으로 쭈뼛쭈뼛 다가갔다.

"안녕허세유?"

삼촌은 작은할아버지에게 먼저 인사를 했다. 배에 붙어 함께 일하는 사람들한테도 인사로 몇 번 고개를 주억거렸다. 작은할아버지가 나를 업고 있는 삼촌의 위아래를 훑어보았다.

"망할 자식! 대낮에 그렇게 헐 일두 읎더냐? 덩치는 커다란 사내 녀석이 애나 보구?"

작은할아버지의 가늘게 째진 눈이 나를 업은 삼촌의 얼굴에 꽂혔다. 사납게 으름장을 놓고 싶어 하는 게 얼굴에 쓰여 있었다.

작은할아버지는 삼촌을 어디서 만나건 한 번도 그냥 넘어간 적이 없었다. 삼촌이 집으로 돌아가지 못하는 것도 툭하면 나가라고 매질을 해서였다. 하지만 그래도 삼촌은 언제나 바보처럼 빙긋 웃기만 했다.

나는 늘 작은할아버지가 무섭고 싫었다. 그러나 나도 삼촌처럼 태연스레 "안녕허세유? 할아버지!" 하고 인사를 했다.

"봉희가 인사허잖유. 좀 받아줘유."

작은할머니가 이고 온 함지박에서 떡과 생선찜, 막걸리를 바닥에 차려놓으면서 참견했다. 작은할아버지는 아무 대꾸도 하지 않고, 잔뜩 구겨진 얼굴로 막걸리를 대접에 따랐다.

"봉희야, 옛다. 너 백설기 좋아허잖니? 삼촌이랑 나눠 먹어. 엊그제 풍어제 지낸 떡이란다."

무엇이든 주고 싶어 두리번거리던 작은할머니가 함지박에서 하얀 떡 한 덩이를 꺼내주었다. 바닷바람이 불 때마다 원산도 할머니의 머리카락이 모시 검불처럼 불불이 일어났다.

엉거주춤 서 있던 삼촌의 얼굴에는 그 자리를 빨리 벗어나고 싶은 표정이 가득했다.

"삼촌, 어서 집에 가."

내 말을 기다렸다는 듯이 삼촌은 나를 얼른 고쳐 업었다.

"이건 할머니 갖다 드려라."

"예예, 고맙습니다."

나는 작은할머니가 준 하얀 떡을 받아 들곤 고개 숙여 인사했다.

"에고, 조렇게 상냥헌 것이 못 걸어 워척햐. 쯧쯧, 어여 가."

인정 많은 작은할머니의 말이 마음에 걸렸지만 나는 아무렇지도 않은 척했다. 등 뒤로 작은할아버지의 날카로운 시선을 느끼며, 삼촌은 인사도 제대로 못한 채 빠른 걸음으로 그곳을 벗어났다.

'세상엔 어려운 사람이 많아. 너는 다리가 그렇지만, 다른 사람은 다른 게 안 좋단다. 나를 보면 알 수 있잖니……' 아까 삼촌이 했던 말이 자꾸 떠올랐다.

고모

　할머니의 방은 넓고 정갈했다. 가구라야 여닫이로 된 밤색 나무 옷궤 하나 달랑 있었지만 나는 할머니 방이 좋았다. 우선 겨울엔 할머니의 마음처럼 아늑한 온기로 가득해서였다. 무엇보다도 무더운 날엔 뒤뜰로 열어젖힌 방문과 앞문 사이로 마주 불어오는 바람 때문에 아주 시원했다. 바람이 불 때마다 뒤꼍 화단에서 나는 은은한 꽃향기도 좋았다. 할머니 물건 중에서 자개농도 아니고 문갑도 아닌, 투박한 쇠고리가 달린 짙은 밤색 옷궤는 어쩐지 멋이 있었다. 할머니가 매일매일 닦아 반질반질 길이 든 그 옷궤 앞에서 수를 놓으면 더 잘 놓이는 것 같았다. 할머니 방에서 수를 놓다가 눈이 피로해 간간히 고개를 들면 부엌으로 난 쪽문으로 부엌 안이 환히 들여다보였다.

엄마와 고모가 부엌에 엎드려 도란도란 일하고 있었다. 며칠 전부터 벼르던, 부엌 치장을 하는 날이었다. 부엌 바닥엔 황토와 물이 담긴 세숫대야가 놓여 있었다. 고모는 황토를 물에 개어 시커멓게 그을린 아궁이와 부뚜막을 매끈하게 맥질했다. 검정 가마솥에는 기름칠을 하고 기와 가루로 놋그릇까지 반들거리게 닦느라 고모의 오뚝한 코 옆엔 땀방울이 맺히고 숯검정이 묻었다. 한나절이 지나서야 일이 끝났다.

"에구, 난 이런 일은 좀 안 하구 살구 싶어. 고등학교에 입학혀서 손끝에 물 한 방울 안 묻히구 호강대강허는 애들두 있는디, 허구한 날 일에 파묻혀 살어야 허니, 이년의 팔자는 왜 이렇가 물러."

마루에 올라오던 고모가 한숨을 푹 내쉬었다. 황토투성이 바지를 갈아입는 고모의 손끝에 신경질이 묻어났다.

"그러게 고등학교 보내준다구 헐 때 못 이기는 체허구 다니지 무슨 큰일을 돕는다구 안 갔어······"

할머니가 미안한지 나직하게 말했다.

"어머니두 어쩌면 그렇게 야속허게 말씀허신대유? 그땐 아버지 돌아가신 지 월마 안 되구 가정 형편이 어려웠잖어유."

고모가 대번에 발끈했다.

"그려, 그땐 그랬어. 어쨌든 니가 고생 많다, 이제 그만 좀 쉬어."

"엉덩이 붙일 새가 워딨써옷! 금방 물때 되면 갯바닥에 나가봐야 헐 텐디······ 엄닌, 봉희한티는 수놓는 것도 가르쳐주시면서 나한티는 종 부리듯 허신댜? 내게는 관심두 읎구 봉희밖에 몰라. 흥!"

고모가 골이 잔뜩 나 어린애처럼 볼멘소리로 실쭉댔다. 고모는 나보다 여덟 살이 많아 스무 살이 다 된 처녀였지만 할머니 앞에서는 유난히 막내 티를 냈다.

"내가 얼마나 자주 이르던? 갯것 덜 잡구, 라디오 끼고 있는 시간 줄여서 수놓으라구 않데?"

할머니의 핀잔에 고모의 입꼬리가 샐쭉 올라갔다. 습관처럼 불평을 하고 짜증이 버릇이 된 고모라서 늘 그러려니 해도, 점점 더 하는 것 같았다. 일을 하려 들면 억척스레 하면서도 항상 툴툴대는 고모를 이해할 수 없었다. 고모의 옆모습을 물끄러미 바라보다가 고모의 눈과 내 눈이 마주쳤다.

"넌 왜 내 얼굴을 말그래미 쳐다보냐? 사람 얼굴 첨 보네?"

"고모, 나두 고모처럼 마구 걸어다니면서 일허구 싶어. 일허는 고모가 얼마나 예쁜지 고모는 몰라. 고모가 부러워, 정말이야."

"야, 이년아! 일허능게 월마나 힘든 줄 알어? 네가 마늘 캐면서 땀 흘려보기를 혔어, 뻘 밭에서 나무 판때기 밀고 댕기면서 꼬막을 캐봤어? 내가 힘든 걸 네가 워처케 알구 뇌작거려?"

고모가 야멸차게 쏘아댔다.

하긴, 들일을 해본 적도 없고 설거지를 하거나 양말짝 한 번 빨아보지 않은 내가 어떻게 일에 찌든 고모의 마음을 알겠는가. 하지만 나는 몸이 성해서 고모처럼 바지락을 잡고 매일 부엌일도 척척 해낼 수 있는 사람은 하늘의 복을 타고난 것처럼 여겨지곤 했다. 일이 없는 것은 죽기보다 괴로운 일이었다. 아무 일도 하지 않고 우두커니 앉아 시간을 흘려보내는 것처럼 불행한 노릇이 또 있을까? 고모는 그걸 모르는 것 같았다. 나도 고모처럼 마음대로 걸어다니면서 일을 할 수 있을지…… 아무리 생각해도 나는, 그런 복을 타고나지 않은 것만 같았다.

나는 만지작거리고 있던 수틀을 던져 넣고 반짇고리를 멀찍이 밀어놓았다.

새 친구

"조개껍데기가 논도랑을 메우겠네. 더 쌓이기 전에 다른 외진 곳에 내다 버리라구 혀야지 안 되겠구면."

할머니가 나를 업고 텃밭 둑의 조개껍질 무더기를 비켜 지나며 두런거렸다. 텃밭엔 고추, 오이, 가지 따위의 푸성귀가 무성하게 자라 있었다. 그 옆의 '너른 마당'은 텅 비어 있었다. 동네 아이들이 학교에서 돌아오면 날마다 모여 뛰어놀고 싸움박질하는 곳이었다. 마당가에는 탱자나무 울타리의 초가지붕으로 된 옴팡집이 있었다. 정 씨 아저씨 집이다. 방 하나에 부엌만 딸린 게딱지 모양의 옴팡집 뜰엔 해당화가 무리지어 활짝 피어 있었다.

원래 그 집은 아버지가 제대하면 우리 식구가 분가하기로 되어 있던 집이었다. 엄마는 틈만 나면 그 집을 보살피곤 했었는데, 내가 앓는 통에 흉가처럼 버려두게 되었다. 하지만 이제 그 집은 제법 번듯한 집으로 달라져 있었다. 그동안 정 씨 아저씨가 새카맣게 그을린 벽에 황토를 매끈하게 바르고, 삭은 지붕의 이엉도 다시 올렸다.

정 씨 아저씨는 여기저기 떠돌다가 우리 민씨가 모여 사는 수청구지에 들어온 타성바지였다. 포구에서 어장 일을 하러 왔다가 아저씨는 우연히 할머니를 만났다. 할머니는 대번에 정 씨 아저씨를 마음에 들어 했다. '관상이 좋아 보여서'였단다. 김 농사까지 지으려니 일손이 부족하고 우리 아들이 약골이라 농사일이 힘에 부치니까, 우리 집 일을 좀 도와주면 집은 그냥 빌려주고 품삯도 잘 쳐주겠다고 부탁을 했다. 정 씨 아저씨는 할머니의 제안을 선뜻 받아들였다.

할머니가 감쪽같이 새집으로 보수가 된 집을 감탄스러운 눈길로 바라보는데 정 씨 아저씨가 뒤란에서 땀을 닦으며 나왔다.

"어르신, 오셨어요?"

"혼자 이렇게 새집으로 만들어놓다니, 솜씨가 보통이 아니구면…… 식구들이 함께 이사를 온다구 허더니 아직 안 왔수?"

"예에, 이제 모두 오라구 해야지요. 애 어멈은 전라도로 장사 나가고 아들 녀석은 아직 외가에 있어요. 집이 없어서 흩어져 살았으니까요. 늘 끼구 사는 우리 경자만 제가 먼저 데리고 왔습죠."

할머니가 등에 업힌 나를 마루에 내려놓았다.

안에 누가 있는지 빨간 웃옷이 방문 틈으로 어른거리는 게 보였다.

"경자야, 할머니께 인사드려라."

아저씨의 말을 기다렸다는 듯이, 안녕하세요 하는 상냥한 목소리와 함께 방문이 열렸다. 나는 깜짝 놀랐다. 얼굴을 내민 것은, 키와 몸집은 세 살배기처럼 작은데 얼굴은 어른처럼 커 보이는 앉은뱅이였기 때문이었다. 할머니도 놀라 잠시 말이 없었다.

경자는 앉은 채 방 안에서 마루로 나오려고 버르적거렸다. 문지방을 넘기 위해 애를 쓰는 것이 내 모습을 보는 것 같았다.

"에구 어쩌다가…… 쯧쯧."

"우리 경자는, 누가 옮겨주지 않으면 하루 종일 마루에서 내려오지도 못하는걸요."

아저씨가 대수롭지 않게 말했다.

할머니가 방으로 들어가 경자를 안아다 마루에 앉혀놓았다. 자세히 보니 다리는 한 뼘도 안 되고 한쪽 팔과 손가락이 오그라들어 있었다. 게다가 한쪽 눈에는 하얀 막까지 끼어 있었다. 나중에 들으니, 경자는 태어날 때 그렇게 태어났다는 것이었다.

경자는 같은 또래를 만난 게 반가운지 활짝 웃었다. 아주 친한 사이처럼 내 팔뚝을 잡고 흔들기도 했다. 나는 경자의 생김새에 거부감이 들어 굳은 얼굴로 멈칫거렸다. 괜히 껴안으려고 할 땐 나도 모르게 몸을 뒤로 젖혔다. 경자의 애꾸눈이 꼭 박제된 짐승 눈처럼 보였기 때문이다.

나는 눈을 내리깔고 있다가 말없이 할머니의 등 뒤로 몸을 밀어 갔다. 아까부터 정 씨 아저씨의 눈길이 떡가래처럼 가느다란 내 다리에 멎었다.

"애기도 다리가 많이 불편한가 보죠?"

"우리 봉희두 다섯 살 때 소아마비를 앓아 두 다리를 못 쓴다우."

"예에, 상심이 크시겠어요. 지금 몇 살이죠?"

"나이는 열한 살인디 이렇게 작다우."

"그럼 우리 경자랑 동갑이네요. 경자도 자라지 못해 저렇게 작지요. 어르신 댁두 마음고생이 심하셨겠어요."

"심하다마다…… 돌 지나 마구 뛰어다닐 만큼 멀쩡했던 애가 다섯 살 때부터 열이 끓구 앓기 시작혀서 꼬박 사 년을 누워만 지냈수. 침을 맞아 신경을 잘못 건드렸는지…… 병원에선 소아마비라구 허는디, 약에 굿에 별짓을 다 혔어두 발짝을 떼기는커녕 혼자 일어서지도 못허게 됐수. 다 내가 죄가 많아 이리된 거 같구……"

"그 마음을 무슨 말로 다 표현할 수 있겠어요…… 저는, 먹구살기 어려워 여기저기 이사 다닐 때두 누가 볼까 봐 경자를 궤 속에 숨겨 다닌 적도 있지요……"

　나중에 할머니한테 들으니, 아저씨는 경자를 독 속에 넣어 산에 지고 가 땅을 파고 묻어본 적도 있다고 했다. 흙을 덮기 전에 숨을 할딱거리는 걸 보고 차마 그럴 수 없어 도로 꺼내어 업고 왔다는 것이다.

"에구, 그 속상헌 얘길 어떻게 다 허겄수. 집안에 성치 못헌 사람이 있으면 가족들 마음고생이 더 심헌 벱이우."

할머니가 어두운 얼굴로 한숨을 쉬었다. 새삼스레 내가 걷지 못하는 게 몹시 슬펐다. 아무리 부정해도 나는 경자보다 키만 조금 클 뿐 똑같이 걷지 못하는 앉은뱅이일 뿐이었다. 그걸 알면서도, 나는 그것을 인정하고 싶지 않았다.

"네…… 이름이 뭐니?"

경자가 말을 걸었다. 서울 말투였다. 나는 대꾸하지 않았다. 사실 나는 늘 친구가 있었으면 하고 바랐다. 그렇지만 경자 같은 친구는 싫었다. 나는 경자를 싸우고 난 아이처럼 차갑게 쳐다만 보았다.

경자는 눈치코치 없는 맹한 아이처럼 싱글벙글했다. 경자는 그런 몸으로도 전혀 슬퍼하지 않는 것처럼 보였다. 경자가 무어라고 쉴 새 없이 떠들었지만 무슨 말인지 도무지 귀에 들어오지 않았다. 아니, 나는 경자 말을 듣는 척하면서 눈으로는 갓난애 같은 몸집과 짐승스러운 손과 한 뼘도 안 되는 기형적인 다리를 흘끔거렸다. 나는 경자의 모든 것이 께름칙했다. 어떤 사람들이 나를 처음 볼 때 그러듯이, 나도 그렇게 경자를 보았다.

그러나 나는 경자하고 놀지 않을 수 없었다.

수청구지에서 초등학교에 다니는 아이들은 스무 명쯤 되었다. 아이들은 이른 아침부터 학교에 가기 위해 동네 어귀를 나섰다. 학교를 가려면 논밭 길로 십 리를 걸어야 했다. 한 발짝도 떼지 못하는 경자와 내가 십 리 밖에 있는 학교에 다닌다는 것은 상상할 수도 없는 일이었다. 우리는 마루나 너른마당 돌담 밑에서 학교 다니는 아이들을 부러운 눈빛으로 쓸쓸히 바라보곤 했다.

어른들이 모두 들에 나가고 아이들도 학교에 가고 나면 수청구지는 텅 비었다. 어른들은 나를 옮기거나 경자를 옮겨서 함께 놀도록 했다. 경자는 붙임성이 좋았다. 거리낌 없이 자기 생각이나 보았던 것들을 얘기해주기도 했다. 먹을 게 생기면 조금이라도 나누어줄 만큼 인정도 있었다. 오래 함께 놀다 보니 거부감이 들던 굽은 손이나 애꾸눈 따위는 점점 아무렇지도 않아 보였다.

경자는 멋을 부려 옷을 지어 입는 나를 무척 부러워했다. 수놓는 걸 배우고 싶은데, 손이 불편해서 못 하는 걸 항상 속상해하였다. 나는 헝겊으로 만들어 가지고 놀던 인형을 빨고 손질해서 경자한테 주었다. 경자는 내가 가본 적 없는 서울, 그 서울에 살았었다는 것을 큰 자랑거리로 삼았다. 그래서 서울 이야기를 할 때면 언제나 서울 말투로, 너 서울 못 가봤지? 그렇게 시작하곤 했다.

"봉희야, 너 서울 못 가봤지? 서울엔 차도 많구, 장난감이랑 과자랑 알사탕이 산처럼 쌓여 있는 상점두 있구, 극장도 있어. 굉장히 큰 놀이 기구가 있는 어린이 대공원도 있는데, 거기엔 빨강색 캉캉 치마를 입구 춤추는 외국 여자들두 있어. 얼마나 예쁜지 몰라. 다음에 내가 꼭 데리고 가줄게."

경자는 나를 데리고 가준다는 그 말을 빠뜨리지 않았다. 경자의 목소리는, 뿌연 막이 끼고 삐뚜름히 뜬 눈 때문에, 흡사 허공에 대고 말하는 것 같았다. 나는 경자가 대공원에 한 번도 가보지 않았다는 걸 짐작으로 알았다. 그래도 난 모른 척해주었다. 걷지도 못하는데, 니가 나를 어떻게 데리고 가? 그런 말도 하지 않았다.

우리는 종일 마루에 앉아서 라디오에서 흐르는 노래를 따라 같이 흥얼거리기도 했다. 경자는 「엄마야 누나야 강변 살자」와 「섬마을 선생님」을 아주 잘 불렀다.

"나는 커서 시집가면 예쁜 딸을 낳고 싶어. 인형처럼 예쁜 옷두 입혀주구 머리두 땋아줄 거야."

경자는 가끔 이런 말을 중얼거렸다. 내내 잘 놀다가 뜬금없이 경자가 그런 말을 하면 몹시 듣기 싫었다. 우리 같은 장애인 주제에 어떻게 시집을 간다는 것인지, 기분이 나쁘기도 하고 이상하기도 하였다.

그 무렵의 어린 나에게, 경자는 정말 알 수 없는 데가 많았다. 타지에서 온 낯선 사람들이 우연히 우리가 앉아 있는 마당 앞을 지나갈 때가 있었다. 그들의 표정은 대개, '어쩌면 가엾게도 둘 다 앉은뱅이람' 하는 표정이었다. 그때 그런 사람을 보는 경자의 얼굴을 잊을 수 없다. 가슴속에 무시무시한 가시가 곤두선 것 같은 표독스런 얼굴로 변해버리곤 했다. 돌멩이가 곁에 있으면 집어서 던질 기세였다.

어느 비 오는 날, 우리는 몸을 꼭 붙이고 옴팡집 마루에 누워 빗소리를 듣고 있었다. 세찬 비바람이 해당화 꽃잎을 때리는 걸 나는 안타깝게 바라보고 있었다. 그때 경자가, 앙칼지게 소리 질렀다.

"비야, 막 쏟아져라! 세상이 다 떠내려가게, 몽땅 망해버리게……!"

경자는 연방 무슨 욕설 같은 걸 악써가면서 내뱉었는데, 빗소리 때문에 잘 들리지 않았다. 경자의 그런 행동은, 마치 실성한 것처럼 섬뜩하였다.

나는 경자와 나란히 누워 있는 게 싫어서 벌떡 일어나 앉았다. 그러나, 시간이 지날수록 사실 내가 경자와 별로 다르지 않음을 인정하게 되었다. 그래서 처음 만났을 때 경자를 거북하게 여겼던 일을 부끄럽게 여기기도 하였다.

안성댁

경자가 온 지 얼마 후에 경자의 엄마인 안성댁과 경자의 오빠가 이사 왔다. 안성댁은 엄마보다 나이가 많고 할머니보다는 젊었다. 조붓한 얼굴에 비해 키가 크고 수다쟁이로 떠들떠들한 편이었다. 경자 오빠 경식이는 얼굴이 고구마처럼 생기고 뚱뚱한 몸에 키는 작았다. 안성댁과 경식 오빠는 자주 싸워서, 경자네는 고함 소리가 그칠 날이 없었다. 안성댁은 경자한테도 욕설을 퍼붓고 항상 구박했는데, 그건 경식 오빠도 마찬가지였다.

날씨가 화창한 그날도 옴팡집에서 경자와 나는 이리저리 기어다니며 함께 소꿉놀이에 빠져 있었다. 조개껍질이랑 소라, 전복 껍질을 마당귀에 아기자기하게 늘어놓고 해당화 꽃송이를 주워 모을 때였다. 장사를 나갔던 안성댁이 산더미만 한 보따리를 이고 울안으로 들어왔다. 라면처럼 꼬불꼬불하게 볶은 머리와 빨간 월남치마가 요란스러웠다. 안성댁은 방물장사를 하러 늘 멀리까지 다니기에 자주 못 봐서 낯이 설었다. 하지만 나는 깍듯이 인사를 했다.

"안녕허세유? 장사 다녀오세유?"

"그래. 봉희 왔구나. 할머니랑 다들 안녕하시니?"

안성댁은 머리에 인 보따리를 토방에 내려놓았다. 소변이 급하다면서 뒷결 변소로 돌아간 사이, 거기에 있는 게 서먹하고 불편해서 나는 집으로 돌아갈 참이었다.

"봉희야, 더 놀다 가. 우리 어머니가 파는 물건 보여줄게."

경자가 내 귀에 대고 소곤거렸다. 그 말에 솔깃해 멈칫거리자 경자가 앉은걸음으로 뭉개듯이 옮겨가 토방 위에 있는 보따리를 끌렀다.

검은색 보따리 속엔 없는 것이 없었다. 고무줄, 옷핀, 바늘, 실타래, 빗, 색실, 손톱깎이, 족집게, 가루분 따위가 잔뜩 들어 있었다. 내가 눈을 휘둥그레 뜨고 물건들을 만져보려 할 때였다.

"이 푼수야! 왜 쓸데없이 보따리를 끌러놓구 야단이야?"

소변을 보고 나오던 안성댁이 벌컥 화를 내며 경자 손등을 소리나게 때리곤 보따리 매듭을 도로 단단히 묶어놓았다. 경자는 찍소리 못했다. 나도 무안해서 어쩔 줄 몰랐다. 엄마라면서 어쩌면 저렇게 쌀쌀맞게 굴까…… 곱상스러운 얼굴이 오히려 미워 보였다.

"에휴, 냄새! 냄새 땜에 코가 썩겠다. 귀신은 뭐하나 몰라. 저런

84

것 안 잡아가구선! 이년아, 나이가 열 살이 넘으면 혼자 살림도 하고 별짓을 다 할 텐데, 평생 지 몸 하나 간수 못해 씻겨줘야 하니 어떻게 살겠니?"

안성댁은 경자를 마치 개처럼 샘가로 질질 끌고 갔다. 경자가 싫어하건 말건 발가벗겼다. 볼록한 배와 상체에 비해 한 뼘도 안 되는 하체가 드러났다. 경자는 부끄러워 벗은 몸을 자꾸 손으로 가렸다. 안성댁은 수세미로 경자의 얼굴이며 몸을 박박 문지르고 비누칠을 했다. 물이 뚝뚝 떨어지는 머리를 쳐들고 경자는 참을성 있게 눈만 꿈뻑거렸다.

입을 조개처럼 단단하게 다물고 있던 경자가 갑자기 어리광을 부리듯 안성댁의 목에 매달렸다.

"어머니, 나두 수를 놓게, 팔다 남은 색실 좀 줘요."

"꼴값허네. 손도 병신이면서 무슨 놈의 수를 놓아? 니가 봉희냐? 봉희는 손이라두 성하지. 으이그 내 팔자, 이런 걸 낳구선 미역국을 처먹었으니……"

안성댁은 목에서 경자의 손을 거칠게 뜯어내며 톡 쏘았다. 나는 경자를 대하는 안성댁의 매정한 말투가 정말 싫었다.

언젠가 경자한테 남는 수틀을 하나 주면서 십자수 놓는 방법을 가르쳐주었다. 경자는 왼손이 오그라들어 바늘을 쥐기 어렵고 동작도 느렸지만 신기할 정도로 제법 따라했다. 자신이 할 수 있는 일이 있다는 것만으로도 들떠 보였다. 그런데 안성댁은 경자가 좋

아하는 일 따위엔 관심도 없었다. 오히려 입을 삐죽이며 경자의 희
망을 무참히 짓밟는 것이었다.

"어머니, 어떤 사람은 두 팔이 없어두 입이나 발루 그림을 그리
던데, 나는 손이 있으니까 수 같은 건 얼마든지 놓을 수 있다구요."

경자가 다시 아무렇지 않은 얼굴로 책 읽듯이 혼잣말처럼 설명
했다.

"시끄러워! 수는 놓아 뭘 해? 팔 것두 모자라는데, 네년 줄 색실
이 어딨어?"

안성댁이 갈퀴눈을 떴다. 경자는 묵묵히 견뎠다. 그런 일을 당했
다면 내 얼굴은 금방 표가 날 텐데 경자는 태연했다. 마치 내가 굴
욕을 당한 듯이 분해서, 고개를 쳐들고 바락바락 대들면 속이 시원
할 성싶었다.

어색해서 쭈뼛거리고 있는데 경식이 오빠가 꼬질꼬질한 모습으
로 들어왔다. 나이는 삼촌과 동갑인데 삼촌보다 덩치가 작고 짜리
몽땅한 편이었다. 그는 나를 힐끗 보면서 건달처럼 잇새로 침을 찍
갈겼다. 더러운 바지가 여기저기 찢어져 너덜거렸다.

"나쁜 녀석 같으니라구! 네놈은 오랜만에 온 에미를 봐두 인사
는커녕 지나가는 개 보듯 하니? 꼭 도둑놈 같은 꼴을 하곤 쓸데없
이 찔찔거리구 돌아다니기만 할 거야?"

안성댁이 경식 오빠를 마구 야단쳤다.

"엄마는 나를 닥닥 긁구 싶어 어떻게 장사를 다니나 모르겠네?

집에 오면 잔소리밖에 할 게 없어요?"

경식 오빠가 불만이 가득한 얼굴로 방문을 소리 나게 닫았다.

"썩을 놈아, 문 다 부서지겠다."

안성댁이 경식 오빠가 들어간 방문 쪽에 대고 씹어 뱉었다.

경자는 모자지간이 그렇게 악다구니하며 다투어도 늘 있는 일인 양 무표정했다. 색실을 달라고 더 조르기는커녕 기가 죽은 채 말이 없었다. 나는 안성댁이 싫어서 뒤도 안 돌아보고 얼른얼른 기어서 그 집을 나왔다. 그러다가 탱자나무 울타리에 감춰둔 고무 깔개가 생각났다. 자주는 아니지만 아주 가끔 경자네 집에 갈 때 삼촌이 만들어준 고무 깔개를 달고 기어갔다가 탱자나무 밑에 끌러놓고 놀다가 돌아올 때 다시 감곤 했다.

그 고무 깔개를 달고 너른 마당을 기어서 건널 때, 놀고 있던 아이들이 자꾸 힐끗거렸다. 처음에 달고 다닐 때는 어색했는데 오늘 따라 별로 신경이 쓰이지 않았다. 경자에 비하면 나는 집도 좋고 식구들도 모두 좋았다. 삼촌은 이 고무 깔개 밑에다 달면 좋을, 바퀴 같은 것도 연구해본다지 않는가? 그런데도 나는 밤낮 심통이나 부리고…… 문득 나 자신이 부끄러웠다.

나쁜 소식

낮잠을 자다 깨어보니 집에 나밖에 없었다. 사람이라곤 이 세상에 나 혼자 오롯이 남은 것처럼 쓸쓸했다. 볕이 마루 깊숙이 들어와 내 이마에 뜨겁게 닿았다. 안마당의 대추와 감에 어느새 붉은 빛이 돌았다. 조금 있으면 순비기나무 열매도 자줏빛으로 영글겠지. 그러면 베갯속에 넣기 위해 할머니는 그 열매를 따서 맷방석에 널어 말릴 거야. 이제부터는 혼자 무얼 하지? ……경자네 집에나 가볼까?

그런 생각을 하다가 무심코 외양간으로 눈이 갔다. 소가 맥없이 엎드려 있었다. 문득 소가 새끼를 낳으려고 해서 어젯밤부터 식구들이 모두 잠을 설친 게 생각났다. 그러고 보니 어미 소 옆에 웬 송아지가 있었다. 내가 자는 동안 낳은 모양이었다.

송아지가 꿈틀대다가 벌떡 일어섰다. 잠시 몸을 후들후들 떨더니 비척비척 걸어다니기 시작했다. 태어난 지 하루도 안 된 송아지가 그렇게 걷는 게 놀라웠다. 소야, 넌 짐승이라도 그렇게 잘 걸어서 좋겠다. 못 걷는 난 너만도 못하구나. 나는 혼자 중얼거렸다. 송아지가 내 마음을 아는 듯이, 왕방울만 한 눈을 끔벅거리며 뚫어져라 쳐다보았다.

해가 기울자 식구들이 모여들었다.
부엌에서 구수한 냄새가 나와 마루까지 퍼졌다.
"정희야, 닭 잡게 아저씨 좀 오시라구 혀라. 이웃 사람들헌티 송아지 얻은 턱을 혀야지."
할머니가 언니에게 말했다. 아저씨란 정 씨 아저씨, 그러니까 경자 아버지였다. 할머니는 아저씨가 우리 집에서 머슴을 살게 된 후 일가붙이처럼 여겼다. 아저씨도 할머니를 가족처럼 여기며 의지했다. 한번은 내 어지럼증에 좋다는 말을 듣고 대천에 가서 소의 생간을 구해다 준 적도 있었다.
정 씨 아저씨는 아내인 안성댁과는 아주 딴판으로 말이 없고 자상했다. 아저씨는 수청구지 오기 전에는 서울 변두리에도 살고 경기도에도 살았다고 한다. 식구들을 데리고 막노동판을 떠돌 때는 마음고생이 심했는데, 수청구지에 살면서부터는 편안하다고 했다. 아저씨는 무엇보다 아버지한테 김살 매는 법을 익혀서 아주 기쁘다고 했다.

아저씨가 울안으로 들어와 굴뚝 모퉁이에 있는 닭장 앞으로 갔다. 닭을 붙들어 목을 비틀었다. 아까 지네 한 마리를 물고 연거푸 땅바닥에 패대기질치던, 볏이 붉은 암탉이었다.

나는 마루에서 공단 천에다 그림본을 놓고 벼가 익어가는 논을 그렸다. 그리고 그 도안을 따라 수실로 한 땀 한 땀 수를 놓아갔다.

"봉희야, 뭘 그렇게 열심히 하고 있나?"

정 씨 아저씨가 닭을 잡기 위해 숫돌에 칼을 갈다가 내게 물었다. 아저씨는 눈이 부리부리하고 눈썹이 짙어서 거칠어 보일 때도 있지만 그 음성은 낮고 부드러웠다.

벼가 물결치는 황금색 들판이 제법 수놓인 방석 커버를 아저씨가 호기심 가득한 얼굴로 들여다보았다.

"수를 잘 놓는다는 말은 들었지만, 이렇게까지 솜씨가 좋은 줄은 몰랐네. 얼마나 다행이냐. 이런 재주는 흔치 않을 거야. 나한테도 이런 재주가 하나 있었으면 좋겠다. 먹구살기 편하게."

정 씨 아저씨가 넉넉한 미소를 지으며 감탄했다. 그게 다 나를 위로하기 위한 빈말이겠지만, 나 같은 아이도 아저씨 같은 어른의 부러움의 대상이 되는구나 하는 생각이 들었다.

고모가 뜨거운 물이 담긴 양동이를 샘 가에 내려놓았다. 아저씨는 김이 무럭무럭 피어오르는 양동이에 닭을 담갔다가 건져서 털을 뽑기 시작했다. 뜨거운 김 속에서 닭똥 냄새와 노린내가 진동했다.

닭의 배를 가르자 덜 영글어 껍질이 말랑한 계란과 메주콩처럼 오글오글한 덜 자란 노른자가 보였다.

"너, 좋은 말헐 때 얼른 저리 가! 옷에 피가 튀면 냄새나잖여."

고모가 눈을 치켜뜨며 언니를 내몰았다.

"가만히 보고만 있는디 웬 트집여? 고모는 잔소리쟁이여."

내가 앙알거렸다.

"고모는 우리만 보믄 못 잡아먹어 안달여, 쳇!"

언니도 볼멘소리를 하며 비칠비칠 물러났다.

삼촌이 아버지와 서로 무슨 말인가 나누며 안마당으로 들어왔다.

"형님, 동틀에 뭐가 생긴다던디 그게 뭐래유?"

"발전소 세운다는 말이 있더라. 너는 그 소리 어디서 들었냐?"

"애덜이 그러던 걸유. 이웃 마을까지 모르는 사람이 읎대유."

삼촌의 말을 듣던 아버지는 어두운 표정으로 들고 있던 쇠스랑을 아무렇게나 던져놓았다. 그리고 털 뽑은 닭을 물에 씻고 있는 정 씨 아저씨에게 다가가 물었다.

"형님, 발전소에 관한 소식 들은 적 있어요?"

"그러잖어두 오늘 아우랑 그 얘기 좀 하려고 했는데, 아우도 그 소릴 듣긴 들었어? 사실이래?"

"예. 그냥 떠도는 소문이 아닌가 봐요. 신문에도 났대요…… 화력발전소가 선다면 이곳에선 김 농사는 고사하구 갯것 하나 잡기두 어려워질 텐디……"

아버지가 말끝을 흐렸다.

"그게 무슨 말이여? 갯것을 못 잡다니, 바다가 워디루 간다데? ……그러구, 화력발전소가 뭣 허는 것이라네?"

툇마루에 앉아 마늘을 까던 할머니가 다급하게 물었다.

"전기를 만드는 곳이에요. 어머니, 제가 자세히 알아보고 다음에 말씀해드릴게요."

아버지가 심각한 얼굴로 대꾸했다. 송아지가 태어난 즐거운 날에 나쁜 소식을 들은 셈이었다.

할아버지 제삿날

할머니와 엄마는 정성스레 야채를 볶고 조갯살, 두부, 무 따위를 넣어 탕을 끓였다. 명태포와 과일도 장에서 사다 놓았다. 할아버지 제삿날이기 때문이다. 동틀 바닷가에 사는 작은할아버지 내외와 건넛마을에 사는 당숙 내외분을 비롯한 집안 어른 여럿이 늦은 저녁에 우리 집에 모였다. 아버지는 종갓집 장손이었다.

하얀 도포를 입은 당숙이 마루에 앉아 바느질을 하고 있는 나에게 다가왔다. 허리를 구부리고 내 발등과 발목을 꼬집어보았다.

"이렇게 허면 아푸냐?"

"아뉴."

나는 고개를 저었다.

"발가락 한번 펴봐."

내키지 않지만 당숙의 말씀이라 있는 힘을 다해 발가락을 꼼지락거려보았다. 하지만 가느다란 종아리 아래 붙어 있는 애벌레 같은 발가락들은 꼼짝도 안 했다. 나는 그런 기형적인 발을 보여주는 게 죽기보다 싫었다. 평소에 다리를 자꾸 치마 속에 감추곤 하던 것도 그래서였다.

"다리가 그려서 워척혀. 학교두 못 가구. 쯧쯧."

옆에서 물끄러미 바라보던 재당숙도 딱하다는 듯 혀를 찼다. 그렇게 대놓고 걱정을 해주는 게 나한테는 고맙기보다 도리어 마음에 고통이 되었다. 언니가 집안 어른들이 그러는 것이니 가만히 있으라는 눈짓을 보냈다.

집안 어른들이 한자리에 모이자 또 화력발전소 얘기가 나왔지만, 대부분 잘 모르고 있는 것 같았다. 웬일인지 아버지가 작은할아버지에게만 이것저것 몇 번이나 여쭈었다. 하지만 작은할아버지는 무언가 알면서도 피하는 눈치였다. 그 바람에 그 얘기는 더 의논거리가 되지 못했다.

밤이 깊어갔다. 하지만 제사 지낼 시간은 아직 되지 않았다. 나는 벽에 붙어 있는 빛바랜 사진을 바라보았다. 돌아가신 할아버지의 낡은 흑백 사진이었다. 제사 지내는 날이라 옷을 차려입은 할머니가 들어왔다. 흰 옥양목 치마저고리에 하얀 버선을 신은 할머니는 맵시 있고 단아했다. 동백기름을 발라 곱게 매만져 쪽 찐 머리는 윤기가 흘렀다. 할머니는 그때까지 머리를 신식으로 자르지 않고 있었다.

"봉희는 할아버지 얼굴 모르쟈? ……느이 할아버지가 살아지셨으면 너 때문에 어지간히 맘 아퍼허셨을 게다. 내 핏줄이라면 끔찍허게 여기구 살가운 분이셨는디…… 가난혀야 남 아픈 줄도 알구 참을성두 생기구, 사람두 귀허게 여긴다구 허시면서 부자를 부러워 않으셨단다. 부지런히 일허구 절약허면서 사신 덕으루 우리가 지금 이만치 사는디…… 지금두 자다가 어디서 할아버지 목소리가 들리는 것 같아 벌떡 일어날 때가 있단다."

할머니가 할아버지 사진을 보며 혼잣말처럼 말했다. 하지만 웬일인지 고모는 듣는 척도 하지 않고 방바닥만 걸레로 훔치다가 버럭 나한테 신경질을 냈다.

"방 닦는 거 보고도 구들장에 꼭 붙어서 꼼짝두 않냐? 엉덩이에 곰팡이 피겠다."

고모가 내 반짇고리를 윗목에 냅다 밀쳐버리는 바람에 골무와 실패가 쏟아졌다. 잔소리가 많고 시시콜콜 따지는 고모여서 늘 그러려니 하지만 내가 소중히 아끼는 반짇고리를 함부로 다루자 화가 났다.

"고모, 또 왜 그려? 꼭 심술쟁이 같어."

"이런 실오라기는 그때그때 좀 치워가면서 혀라잉. 옷에 붙은 저 실밥 좀 봐. 지저분헌 기지배는 아무 쓸모두 읎능 겨."

고모가 나에게 하도 딱딱거리자 할머니가 고모에게 눈을 하얗게 흘겼다.

"워째 여자가 제삿날 언성을 높이구 그러냐?"

"어머니는, 보시구두 그래유? ……얘는 도대체 정리가 안 되는 애유. 사방을 어질러놓구 한 번두 지 손으루 치우는 걸 못 봤어."

"넌 몸이 성허니께 아무 말 말구 좀 치워주면 안 되니? ……난, 우리 봉희가 이뿌기만 허구만. 방 안에서 답답혀두 그저 조용히 혼자 바느질두 허구 수두 놓구 월마나 으젓혀."

할머니가 내 엉덩이를 두들겼다.

"에이구 저 화상! 걷지두 뭇허는디 이런 반짇고리며 헝겊붙이가 무슨 소용 있어? 지가 잘 걸어보려구 악착같이 운동두 허구 노력했으면 왜 저렇게 되누? 경자처럼 아주 앉은뱅이가 되고 말 거여. 다른 식구들이 모두 잘헌다 잘헌다 감싸구 도니께 저 지경이 된 겨. 크면 어떻게 살라구 그러는지 몰라."

고모는 숙어들지 않고, 제사 지내러 온 친척들이 다 들으라고 일부러 그러는 듯 불불거렸다. 나는 창피해서 귀밑이 발갛게 달아올랐다. 난데없이 뾰쪽한 가시 같은 게 몸에 돋는 것 같았다. 그 가시로 고모를 찌르고 싶었지만, 그전에 먼저 내 살이 찔려 아팠다.

자정이 되었다. 사랑방에 모였던 친척 중에 남자들이 모두 안방으로 들어가자 잠시 후 유세차 모 월 모 일…… 축문을 읽는 소리가 들렸다. 집 안에 향 태우는 내가 번졌다. 문을 열어놓은 채 모두 제사상 앞에 절을 하는 모습이, 마당에 길게 깔리는 그분들의 그림자가, 나는 왠지 슬퍼 보였다.

친척들이 제삿밥을 먹고 모두 돌아갔다.

엄마가 제사상을 치우다가 언니에게 나누어 먹으라면서 오징어를 집어주었다.

"오징어는 귀가 제일 맛있어."

언니는 가운데 토막을 맛나게 먹다가 귀를 북 찢어 건네주곤 저만치 달아나 딴청을 부렸다. 내가 먹기 싫어하는 귀만 주고 약을 올리는 거였다. 나는 볼이 퉁퉁 부은 얼굴로 오징어 귀를 쥐고만 있었다.

고모가 제사상을 행주질하며 나를 힐끔거렸다.

"왜 입이 대 자나 나왔냐?"

"고모는, 내가 그렇게 미워?"

"그래, 밉다. 너만 위해달라구 허는 것두 밉구, 다른 사람은 죽어라 일허는디, 그렇게 산송장처럼 꼼짝두 않구 앉아만 있는 것두 미워!"

나더러 산송장이라니…… 내가 이렇게 되고 싶어 됐나? 나는 눈물 가득 고인 눈으로 고모를 째려보았다.

친척들을 배웅하러 나갔던 아버지가 들어왔다.

"아까부터 왜들 시끄럽게 큰 소리를 내구 그러니?"

아버지는 노한 눈빛으로 나를 날카롭게 쏘아보았다.

"오빠, 봉희 좀 혼내주세유. 영 말두 안 타구 고집은 황소 고집이구, 또……"

고모가 말을 보태느라 더듬거렸다. 마침 할머니가 구세주처럼 나타났다.

"그만 좀 입 다물지 못 허겠니? 다 큰 년이 내동 가만있다가, 아버지 제삿날 조카허구 찌그럭거리는 게 잘허는 짓이냐? 나잇값두 못허구 울뚝불뚝 내뱉어 어린애 성질 돋구구 지랄여."

나는 울음을 삼키며 이불 속에 머리를 묻었다. 할머니가 역성을 들어준 데다, 제삿날이라 더 어쩔 수도 없었다.

그런데 잠이 오지 않았다. 별들이 희미하게 사위어가고 식구들과 닭장과 외양간의 가축이 잠든 후에도 잠 못 들고 뒤치락거렸다. 고모가 미워서만이 아니었다.

그래, 고모의 말처럼 난 송장이나 다름없어. 녹슨 못 하나가 가슴에 박히듯 쓰리고 아팠다. 아니, 한 번도 언니나 삼촌처럼 집안일을 해본 적도 없고, 그렇다고 무슨 돈벌이나 공부를 하는 것도 아니니까. 나는 우리 집안의 고약한 우환덩어리야. 내가 고모라도 나 같은 조카가 있다면 보기 싫고 답답할 거야. 할머니와 엄마는, 내가 다치거나 앓을까 봐 문밖에 나가지 못하게 했어. 계속 그러다가는, 정말 평생 짐승처럼 울안에 갇히게 될지도 몰라. 나는, 새벽빛에 창호지를 바른 방문이 훤해질 때까지 꼬박 뜬눈으로 그런 생각에 잠겼다.

매미골 사람들

텃밭에 남은 채소들의 이파리가 말라 들어갔다. 상추와 장다리 무에는 누런 씨가 맺혔다. 추수가 끝난 들판에도 낙엽이 구르는 앞 마당에도 가을 햇살이 눈부시게 쏟아졌다.

할머니와 엄마는 토방에서 채소를 다듬고 있었다. 고모는 종일 방에서 나오지 않았다. 고모는 짬만 나면 화장을 하고, 머리칼을 묶었다 틀어 올렸다 하면서 시간을 보냈다.

나는 바깥마당에서 혼자 땅바닥에 그림을 그리며 놀았다. 마당가 순비기나무는 가지 끝에 보랏빛 열매를 달고 있었다. 그 줄기와 열 매의 모습을 흙바닥에 막대기로 본떠 그리고 있는데 갑자기 오줌이 마려웠다. 마당가에 있는 변소에 가려고 엉금엉금 기기 시작했다.

그때 이웃 마을인 매미골에서 온 여자들이 수건을 쓴 채 바구니를 하나씩 들고 우리 집 쪽으로 걸어오는 게 보였다. 능쟁이가 많이 잡히는 철이니 갯벌로 게를 잡으러 가는 길이었을 것이다.

여자들이 멈춰 서더니 기어가는 나를 바라보았다.

"저 옷 꼴이 뭐랴. 생기다 만 것이 멋은 아나벼. 하하하."

손가락으로 나를 가리키며 깔깔거렸다. 엊그제 내가 지어 입은 바지가 우스운지, 기어가는 모습이 우스운지 웃음소리가 아주 컸다. 다른 사람은 괜찮고 내가 멋 부리면 웃음거리가 된다는 게 몹시 기분 나빴지만 참았다. 마치 동물원 원숭이 바라보듯 하는 눈길 때문에 주눅이 들었다. 어린애처럼 앙상궂은 내 몸피를 어디로든 숨기고 싶었다.

"쟤가 영태 딸이구먼. 워쩐댜."

"숫제 못 걷는다더니 참말일세."

"몸이 저래서 사람 노릇이나 허게 생겼어?"

여자들은 저마다 한마디씩 던졌다. 영태라는 아버지 이름을 부르는 걸 보아 아버지의 초등학교 동창쯤 되나 보았다. 내 몸뚱이에 달라붙는 눈길을 떼어내고 싶어서, 억지 미소를 띠고 안녕하세요? 하면서 꾸벅 인사를 했다.

"어머, 인사도 헐 줄 아네? 깔깔깔."

"너, 도대체 몇 살이냐?"

"열세 살여유."

"발음두 정확허다야. 바보는 아닝개벼."

"바보 아니래. 영리허구 머리는 좋다더라."

"겉은 저래두 속은 멀쩡헝개벼."

여자들이 서로 맞장구를 치며 함부로 지껄였다. 아마 그들은 내가 말귀도 못 알아듣는 줄 아나 보았다. 아까부터 참고 있던 오줌이 쌀 것처럼 급했다. 아랫배가 터질 것 같았지만 기어가는 모습을 보이기 싫어 참느라 안절부절못했다. 안정을 잃고 허둥지둥하다가 넘어졌다. 몸뻬를 입은 여자가 다가와 나를 일으켰다.

"됐어유!"

몸뻬가 팔을 잡는 순간 잔뜩 독기가 올라 사납게 뿌리쳤다.

"병신이 성질 머리두 아주 고약허네. 별꼴이야."

몸뻬가 재수 없다는 듯이 손을 털었다. 결국 나는 오줌을 참지 못하고 좔좔 싸버렸다. 마당은 내가 싼 오줌으로 금세 질편해졌다. 오줌과 흙, 지푸라기 따위가 엉겨 떡이 된 바지에서 지린내가 진동했다.

굴욕감과 일그러진 자존심 때문에 화가 솟구쳤다. 뜨거운 울음 덩어리가 목구멍으로 꾸역꾸역 차올랐다. 나는 엉엉 소리 내어 울어버렸다. 여자들이 마치 징그러운 벌레를 피하듯 사라졌다. 울안에서 언니가 달려 나왔다.

"내가 늘 그랬잖여. 오줌 마려우면 참지 말구 미리 가서 누라구. 급헐 때까지 그러구 있다가 바지에 싸면 어떡혀? 냄새나 죽겠어 증말!"

언니가 짜증을 내며 나를 업고 안마당으로 들어갔다. 토방과 마당에 가득한 채소 더미 속에 할머니와 엄마가 보였다.

"매미골 사람들 정말 나뻐! 나를 마구 깔보구 비웃었어!"

나는 울먹이며 고자질을 했다.

"그러게 방 안에 가만히 있지 않구 뭐허러 밖엔 나갓! 미리미리 챙기잖구 그렇게 오줌이나 질질 싸면서 살 거여? 세 살 먹은 어린 애두 아니구 이게 뭐여!"

엄마가 쌀쌀맞게 내뱉곤 머리를 한 대 쥐어박았다.

"그럼 나보구 방 안에만 누워 있으란 말여? 싫어. 나두 마구 쏘다니구 싶구 달려다니구 싶단 말여. 나를 병신으로 키울 거면서 왜 나를 낳았어? 내 다리 좀 어떻게 해봐. 내 다리 고쳐 내놔. 엄마 미워! 다 미워! 나 다음 달까지 걷지 못 허면 물에 빠져 죽을 거여. 아주 콱, 없어져버릴 거라구!"

나는 마구 내뱉으며 몸부림을 쳤다. 매미골 사람들에게 업신여김당한 것을 분풀이하듯 미친 듯이 발버둥쳤다. 실파 무더기를 움켜쥐어 마구 뿌리고 엄마의 가슴팍과 어깨를 때리며 울부짖었다.

"아이구, 아퍼 이년아! 다리가 하루 이틀 새에 이렇게 된 거네? 제 발루 한번 일어서보지두 못허는 것이 워째 사람 염장지르구 그려. 아주 에미를 볶아 처먹어라. 그러게 왜 남들처럼 성한 몸으루 타고나지 못허구서 이런 팔자루 타구났어……"

내가 발광하는 서슬에 얼굴을 찌푸리며 뒤로 물러나던 엄마는 목소리가 점점 슬프게 변했다. 나는 더욱 소리 내어 울었다. 엄마의 얼굴도 눈물로 흥건했다. 참다못한 할머니가 나서서 꾸짖었다.

"도대체 왜들 그러니? 이웃집서 들으면 무슨 난리 난 집구석 같겠다."

엄마가 얼른 치맛자락으로 얼굴을 훔쳤다.

"에잇! 이노므 집구석은 하루두 조용할 날이 읎누."

고모가 방문을 열어 빼꼼 내다보다가 씨월거렸다. 고모의 얼굴엔 마사지하느라 계란 노른자가 말라붙어 있었다.

"왜 너까장 시끄럽게 구니? 오늘은 무슨 바람이 불어서 갯가두 안 나가구? 돈 버는 일이라믄 미쳐 날뛰구 댕기더니 죙일 방구석 거울 앞에서 머리카락 가지구 춤을 추누?"

할머니가 애꿎게 고모를 향해 핀잔을 해붙였다.

"오늘 하루만이라두 나 편헌 대루 조용히 있게 내버려둬욧……시끄러 지긋지긋혀 못 살겄어 증말…… 오빠네는 봉희 데리구 나가 살라구 혀요. 지발! 왜 그 집을 엉뚱헌 정 씨헌티 거저 빌려주구 한집서 이런 북새통을 떨구 그랴?"

고모가 악에 받쳐 고래고래 소리 질렀다.

"저, 저년이! 화통 삶아 먹었나, 워따 대구 소리 지르구 지랄여!"

할머니가 엄마의 눈치를 보며 때려줄 신발짝을 찾았다.

"내가 뭘 워쪘게? 왜 맨날 나만 가지구 야단여? 봉희 저년 때문에 우리 집은 한시두 편헌 날이 읎어. 왜 온 식구가 쟤 눈치를 보구, 맘고생을 해야 허는디? 다른 식구들은 사람두 아니야?"

고모는 자기 할 소리만 하고는 방문을 쾅 닫아버렸다. 서러움이 북받쳐 나는 계속 울었다. 삼촌이 들에서 빨리 돌아와 내 역성을 들어주었으면 했으나 삼촌은 나타나지 않았다.

차라리 나 같은 천덕꾸러기는 태어나지 말았어야 옳아. 누군가 나를 무덤 속에 넣어주면 좋겠어. 나는 더듬더듬 기어 방으로 숨듯이 들어갔다. 다시 안 나올 것처럼 방구석에 처박혔다.

한참 울다 보니 사방이 조용하고, 내가 훌쩍이는 소리만 방 안에 울렸다. 엄마는 마당에서 여전히 채소를 다듬고 있었다.

"……봉희야, 인저 그만 울어…… 할미 등에 업혀라. 바람이나 쐬게."

할머니가 고모를 잡도리할 때와는 달리 누그러진 음성으로 말했다. 나는 어쩔 수 없이 마루로 나와 할머니 등에 업혔다.

할머니는 나를 업고, 아까 내가 그리다가 만 마당가 순비기나무 무더기 앞에서 한참을 서성거렸다.

"느이 엄마 속 썩이지 마라…… 아마 너 때미 그 속이 바싹바싹 타 숯검댕 됐을 게다……"

할머니가 목멘 소리를 했다. 나는 아무 말도 하지 않았다.

어지럽게 벋은 순비기나무를 헤치며 밭둑을 지나 할머니는 들판에 섰다. 풀 향기가 숨이 막힐 듯 진했다. 할머니가 슬픔에 잠긴 얼굴로 멈춰 서서 산등성이를 바라보았다.

"우리 애들 좀 살펴줘유, 우리 애들 좀…… 영태 아버지……"

할머니는 할아버지를 부르고 있었다. 그러고 보니 할머니는 할아버지의 무덤 쪽을 향해 서서 눈물을 훔치고 있었다. 나는 아무 말도 못하고, 그저 늙고 가난하고 슬픈 할머니의 목덜미를 가만히 끌어안기만 했다.

갑자기 센 바람이 얼굴을 스쳤다. 낮엔 덥고 저녁엔 차가워지는 바닷바람이었다. 사철쑥, 지채, 비쑥, 갯질경이…… 짠물에 전 흙과 돌투성이 늪지에 뿌리내린 그 바닷가 식물들을 거칠게 흔드는 저녁 바람이었다. 할머니는, 더는 우시지 않았지만 신음처럼 입안엣소리로 자꾸 넋두리했다. 내 기분이 푹 가라앉았다.

집안을 그늘지게 하는 나, 가족들한테 고통만 주는 내 몸뚱이를, 점점 짙어지는 어둠 속 어딘가에 던져버리고 싶었다.

새처럼 날고 싶다

건너편 마을 길에 사람 하나 보이지 않았다. 들이나 바다로 모두 일을 나간 한낮이었다. 나는 책을 읽다가 멈추고 멍하니 담 너머 들판을 바라보았다.

삼촌은 학교 도서관에서 계속 책을 빌려다 주었다. 삼촌이 책을 많이 읽는 줄 알고 도서관 선생님이 삼촌한테 상을 줄 정도였다. 마땅히 할 일이 없는 나는 삼촌 덕분에 늘 손에서 책을 놓지 않게 되었다. 나는 동화책과 미술책을 좋아했다.

그러나 책은 책이었다. 그 속에 아무리 재미있고 신기한 게 많아도 현실이 아니었다. 내가 이렇게 앉아서 책만 읽어도 되나? 혼자 있을 때면 나도 모르게 그런 의문에 빠졌다. 나이를 먹고 몸이 조금씩 불어날수록 점점 늪 속에 빠져드는 것처럼 전신이 더 무거워졌다. 돌부처처럼 한 발짝도 떼지 못하는 나는 무엇인가? 할아버지 제삿날에 나더러 산송장이라던 고모의 말이 자꾸 생각났다. 매미골 사람들의 빈정대는 소리도 귀에 생생했다.

아무래도 혼자서 일어서지 않으면 안 되겠다는 생각이 들었다. 나는 벽을 짚고 다리에 힘을 주어보았다. 하지만 아무리 힘을 주어도 다리는 옴짝도 하지 않았다. 마음이 답답하기만 했다. 토방을 뭉개며 미끄러져 내려가 마당에서 다시 시도해보았다. 죽을힘을 다해 다리에 힘을 모았다. 역시 되지 않았다. 이번에는 몸을 흙담 옆으로 밀고 가서 담을 짚고 일어서려고 온몸을 발발 떨었지만 다리는 반응하지 않았다. 너무 힘이 들어 땀이 비 오듯 하였다.

가슴이 터질 듯이 답답했다. 나는 기어서 바깥마당으로 나갔다. 어떻게든 몸을 움직여야 속이 시원해질 것 같았다. 곧장 앞으로 기어나갔다. 텃밭 둑을 지날 때 부서진 조개껍데기가 손바닥을 마구 찔렀다. 아픈 줄도 모르고 민들레가 널브러진 밭둑으로 옮겨갔다.

집에 가만있잖구, 그런 몸으루 왜 밖에 나왔어? 그런 소리를 하는 사람이 없어 다행이었다. 나는 기를 쓰고 그냥 앞으로만 기었다. 너른 마당을 지나 울퉁불퉁한 밭길을 계속 나아갔다. 한참 가다 보니 마을 입구의 저수지와 노송이 보였다. 혼자 그렇게 멀리까지 나오기는 처음이었다.

땀을 뻘뻘 흘리며 수수밭을 지나 감자밭 머리에 이르렀다. 아랫도리가 흙으로 뒤범벅이었다. 비탈이 나왔다. 나는 풀을 움켜쥐고 엉덩이로 뭉개듯이 내려가다가 아차 하는 순간 아래로 내리굴렀다. 곧장 풀이 우거진 구덩이에 처박혔다.

무릎이 깨지고 손바닥이 나무뿌리에 할퀴어 피가 났다. 마음 같아서는 벌떡 일어나 구덩이를 빠져나와 단숨에 내도 건너고 들판도 가로지르고 싶었다. 하지만, 비탈을 올라갈 수도 구덩이 밖으로 기어 나갈 수도 없었다. 소리를 쳐보려고 했지만, 기운이 없어 목구멍에서 아무 소리도 나지 않았다.

너무 조용해서 냇물 흐르는 소리만 유난히 크게 들렸다. 이름 모를 새 한 마리가 어디론가 날아갔다. 까만 점으로 보일 때까지 새가 사라진 하늘을 올려다보았다. 나도 저 새처럼 단숨에 멀리 날아가 봤으면…… 구덩이에 갇혀 옴짝달싹 못하고 있는 내가, 한 마리 날짐승만도 못하다는 생각이 들었다. 이렇게 살 바에야 차라리 죽는 게 낫지 않을까.

집이 가까운데도 혼자 힘으로 돌아갈 수 없다는 게, 아니 그보다도 원치 않았는데 하필이면 내가 불구가 된 게 도무지 이해되지 않았다. 먼 산허리를 감고 있는 숲의 푸름도, 구덩이 옆 풀밭에 쏟아지는 투명한 햇빛도 모두 싫기만 했다.

다시 힘을 모아 풀줄기를 잡고 버르적거려보았다. 그러나 손은 힘없이 미끄러지기만 했다. 땀과 눈물로 범벅된 눈에 마른 나무뿌리에 그물처럼 엉켜 있는 허연 것이 보였다. 뱀의 허물이었다. 뱀이 금방이라도 스르르 나타날 것 같아 심장이 오그라드는 느낌이었다.

"어, 엄마!"

나는 엄마를 부르며 섧게 울었다. 오랫동안 울고 싶던 울음이었다. 마당가에서 내 약을 달이곤 하던 엄마의 모습이 어른거렸다. 어째서 사람들이 내 다리를 자꾸 꼬집어보았는지, 이제야 알 것 같았다. 다리가 이래서 어쩌느냐고 그들이 늘 걱정하던 마음도 비로소 실감이 났다. 설마 나중에 아주 못 걷게 되는 건 아니겠지, 어떻게 되겠지 했는데, 그게 아니었구나. 나는, 평생 걷지 못하고, 불구인 다리 때문에 가시밭길을 가야 하는구나…… 나는 서러움과 억울함이 북받쳐 꺽꺽 울었다. 눈물이 걷잡을 수 없이 흘러내렸다. 그런 내 처지도 모르고 투정하고 앙탈하고 고집만 부렸다. 고모나 언니 보기에 얼마나 밉고 가관이었을까. 무서움과 서러움에다, 이젠 부끄러움까지 밀려왔다.

한참이 지나자 울 힘마저 없었다. 사람은 나타나지 않고, 땅에서 올라오는 냉기로 몸이 점점 차가워졌다. 이마가 불덩이 같은데도 몸은 덜덜 떨렸다. 기침이 터져 나왔다. 한동안 목이 끊어질 듯 기침을 했다. 가슴과 머리가 쪼개질 듯 아파왔다. 어지러워 눈을 스르르 감자 물소리와 산 꿩 우는 소리가 아득히 멀어져갔다.

얼마나 지났을까? 귓속말 같은 소리가 들렸다.

"봉희야……"

눈을 떴다. 삼촌의 얼굴이 보였다. 온몸이 쑤셔서 조금도 움직일 수가 없었다.

"봉희야, 괜찮어?"

엄마였다. 나는 안방에 뉘어져 있었다.

엄마는, 네가 혼자 그렇게까지 멀리 나갈 줄은 꿈에도 생각지 못하고 집 근처만 헤맸는데, 삼촌이 나를 우거진 풀 구덩이 속에서 찾아냈다고 했다.

"무슨 큰 사고를 당허려구 거기까지 혼자 간 겨. 피도 잘 안 도는 다리 부러지기라두 허면 약두 읎어. 다시는 그러지 마."

엄마는 내 다리를 수건으로 뜨거운 물찜질을 하며 조용히 타일렀다. 삼촌은 깨진 무릎과 찢어진 손바닥에 약을 바르고 천으로 감아주었다.

며칠 동안 자다가도 깨어 비명을 지르고 식은땀을 흘리며 헛소리를 했다. 삼촌은 말없이 밤이나 낮이나 내 머리에 물수건을 얹어주었다.

그렇게 몸이 아파도 마음은 이상하게 차분해졌다. 삼촌이 바둑알처럼 단단한 십리사탕과 껌을 사다가 내 손에 쥐여주었을 때, 나는 좋기보다 미안했다. 그냥 모두한테 미안했다.

제4부

경자의 슬픔

    슬프고 고통스러워도 과거는 무언가 부드럽고 달콤한 것에 젖어 있는 듯하다.

    그러나 전부 그렇지는 않다. 그 안개 같은 게 걷히고, 어쩐지 모두가 차갑고 딱딱한 것처럼 변하는 시기가 있는 것 같다. 흐르는 세월 속에서 꼭 집어 어느 때라고 할 수는 없고, 그게 나 때문인지 세상 때문인지도 잘 알 수 없지만, 그 무렵부터 세상은 달라진다. 이제까지 걸어온 숲길이 끝나고, 갑자기 답답한 골목길로 들어서는 때처럼 말이다.

    그 무렵의 기억에 먼저 등장하는 사람은 경자이다. 기억 속에서, 나는 노을을 배경으로 경자를 안고 있다.

    내가 열네 살쯤 먹었던 어느 날이었다. 마루에 앉아 있는데 비비

새가 날아와 비비비, 비비비 울어댔다. 경자네 집 옆에 있는 너른 마당이 보였다. 추수를 끝내고 한가해진 일요일이어서 아이들이 거기서 시끄럽게 떠들었다. 늘 마당귀의 빨래판만 한 돌 위에 동그마니 앉아 있던 경자의 모습이 보이지 않았다. 나는 경자가 어쩐지 싫으면서도 안 보이면 찾곤 했다.

마당에서 아버지와 장작을 패던 삼촌에게 경자한테 업어다 달라고 졸랐다. 삼촌이 나를 업어다가 정 씨 아저씨네 옴팡집 마루에 내려놓아주었다.

나는 경자를 찾아보았다. 여기저기 둘러보아도 경자는 울안에도 헛간에도 보이지 않았다. 몇 번을 불러도 대답이 없었다. 마당 귀퉁이에 붉게 피었던 해당화는 지고 가지에 방울토마토 같은 빨간 열매가 달려 있었다.

문득 고개를 돌리자 마당 귀퉁이에서 콩 타작을 하고 있는 안성댁이 눈에 띄었다. 잠시 후 안성댁은 콩이 담긴 자루와 키, 바가지 따위를 챙겨 울안으로 들어왔다.

"어라? 봉희 언제 왔니?"

"안녕하셨어유? 경자는 워디 있대유?"

"방에 있을 거야. 들어가 봐."

안성댁이 턱짓으로 마루에 딸린 작은 방을 가리켰다. 기어가서 방문을 밀어보았지만 꼭 잠겨 있었다. 그러는 동안 안성댁이 부엌으로 들어가 함지박을 들고 나오더니, 마당에서 딱지치기하는 아

116

이들에게 물을 냅다 끼얹었다.

"요것들, 물맛 좀 봐랏! 시끄러워서 징글징글해 못살겠다. 제발 딴 데 가서 좀 놀어!"

물벼락에 놀란 아이들은 삽시간에 송사리 떼처럼 흩어졌다. 그것도 잠시, 안성댁이 뒤꼍으로 돌아가자 아이들은 다시 모여 왕왕 떠들었다. 나는 한동안 그렇게 멍하니 옴팡집 마루에 앉아서 재미나게 노는 아이들의 모습을 우울하게 바라보았다. 나도 거기 섞여 고무줄놀이도 하고 함께 떠들고 싶었다.

내 시무룩한 눈길이 다시 옴팡집 안마당에 가 닿았다. 아까는 못 봤는데 마당엔 기름 짜는 기계, 맷돌, 디딜방아, 이 빠진 독 따위가 잔뜩 쌓여 있었다. 정 씨 아저씨가 사람들이 예전부터 쓰다가 버린 물건들을 틈틈이 모아 도시에 내다 판다더니 그것들인가 보았다. 누가 저런 걸 사가지……? 그런데 경자는 어디 간 거야……? 나는 그런 생각을 하고 있었다.

갑자기 문고리가 딸각대더니 방문이 삐거덕 열렸다. 나는 깜짝 놀랐다. 경자의 오빠인 경식 오빠가 험악한 얼굴로 나왔다. 경멸이 가득한 눈길로 나를 쓰윽 훑어보더니 내뱉었다.

"벼엉신들!"

쭉 찢어진 뱁새눈이 차갑게 번뜩였다. 그 눈빛이 너무 차가워 온몸이 오싹했다. 경식 오빠가 방문을 부서져라 처닫곤 밖으로 튕겨 나간 뒤에야 경자의 울음소리가 들렸다.

"경자야! 경자야!"

나는 어쩐지 불안하여 경자를 자꾸 불렀다. 대답이 없어 기어가 방문을 열었다. 어두컴컴한 방구석에서 경자의 얼굴이 눈물과 땟국 범벅이 되어 번질거렸다. 경자는 제대로 울지도 못하고 잔뜩 겁을 먹은 채 흑흑거렸다.

"경자야 왜 울어? 왜 그려?"

"봉희야…… 난 당장 목을 매거나…… 그냥 콱 죽어버리구 싶어…… 오빠가 미워."

우느라고 경자의 말이 토막토막 끊겼다.

"그게 무슨 소리여? 죽다니?"

죽는다는 말에 놀라 나는 쩔쩔맸다. 경자는 파들파들 떨며 더 슬피 울었다.

"봉희야, 너희 식구들은, 너한테 욕하지도 않구, 때리지도 않지? 난 매일 엄마하고 오빠한테, 혼나구 매 맞으면서 살아. 오늘도 내가 밥 많이 먹는다구 오빠가 욕하길래 대들었더니, 너 땜에 우리 집이 가난하다면서, 눈은 왜 노상 흘겨보느냐고 그러면서, 아픈 눈을 때리구 몸을 발로 밟았어. 방구석에 몰아넣구, 문두 잠그구……"

경자의 어깨나 팔뚝이 항상 푸르딩딩하게 멍이 들어 있었는데, 그게 매 맞은 자국인 모양이었다. 나는 내가 매질을 당한 것처럼 화가 났다.

"어쩌면 사람을 이렇게 때린다니?"

"오빠는 내가 미운 거야. 내가 병신으로 태어나지 않았으면 이렇게 깔보구 함부루 때리진 않았을 거야. 나는 봉희 니가 부러워……식구들 모두 너를 아끼잖어. 우리 집 식구들은 나를 벌레만도 취급 안 해. 아버지는 안 그랬는데, 요새는 아버지도 이상해졌어. 나를 쳐다보지도 않구……"

경자의 눈에서는 눈물이 그치지 않았다.

그때 무엇을 가지러 왔는지 경식 오빠가 헛간 쪽으로 도둑고양이처럼 살짝 들어왔다. 나는 솟구치는 분노를 느꼈다.

"오빠! 이럴 수 있어? 경자를 왜 때렸어? 한 번만 더 경자를 때리면 경찰에 신고해버릴 터!"

나는 목청껏 소리쳤다. 나 스스로 놀랄 정도로 큰 소리였다. 하지만 경식 오빠는 너 따위가 무엇을 하겠냐는 듯이 비웃듯 입꼬리를 비틀며 휙 나가버렸다. 화가 나 달려가서 할퀴기라도 하고 싶었다.

"경자야, 울지 마."

나는 손수건을 꺼내어 경자의 얼굴에 흘러내리는 눈물을 닦아주었다. 나까지 자꾸 눈물이 나왔다. 당장 경자가 목을 매거나 농약을 마시고 죽어버릴 것 같아 겁도 났다. 다행히 경자는 울음을 그쳤다.

경자가 분홍빛 무명천 한가운데다 모란꽃을, 가장자리는 자잘한 별이 수놓인 내 손수건을 자꾸 들여다보고 만져보았다.

"봉희야, 이 손수건 참 이쁘다. 네가 만든 거니?"

"그래. 맘에 들어? 너 가져. 선물로 줄게."

"정말? 우와아— 고마워, 봉희야."

경자는 언제 울었냐 싶게 좋아서 박수를 쳤다. 굽은 손 때문에 짝짝 소리는 안 났지만 얼굴에 웃음이 가득했다. 나는 경자의 귀에 대고 다음엔 더 예쁜 손수건을 만들어주겠다고 속삭여주었다. 그러는 사이 내 마음도 조금씩 풀어졌다.

저수지 쪽 하늘이 불이 난 듯 붉었다. 노을을 배경으로 허리를 구부리고 서 있는 노송 위에 황새 한 마리가 의젓하게 앉아 있었다. 한 폭의 그림처럼 아름다웠다.

"경자야, 저기 노을 좀 봐. 정말 멋있다. 소나무랑 황새두 이쁘구."

나는 경자를 껴안으며 붉은 하늘을 가리켰다. 내가 꼭 경자의 엄마가 된 것 같고 경자가 내 아기인 것 같았다. 내가 걸을 수만 있다면 경자를 업고 노을에 젖은 바다까지 가보고 싶었다. 거기 가서 우리도 노을에 젖어 출렁이는 바다를 마냥 보고 싶었다.

팥밥

할머니와 엄마는 밴댕이를 널고 있었다. 밴댕이는 내장을 따고 햇빛에 꾸들꾸들하게 말린 후 파나 마늘잎을 넣고 간장에 조려 쌈을 싸 먹으면 맛이 좋았다.

안성댁이 보자기에 싼 것을 들고 대문 안으로 들어왔다. 삼촌의 도시락이었다.

삼촌은 중학교를 졸업한 후 집안일을 도우며 지내고 있었다. 삼촌과 동갑인 언니는, 중학교를 졸업하고 쭉 집에 있다가 인천으로 떠났다. 기숙사에서 먹고 자면서 낮엔 공장에서 일하고 밤에는 공부를 배우는 학교에 입학했기 때문이다.

"봉희야, 할머니 말씀 잘 듣구 수 열심히 놓구 있어."

언니는 내가 마음에 걸리는지 떠나면서 눈물을 보였다.

삼촌은 고등학교에 가고 싶을 텐데도 아무 내색도 하지 않았다. 내가 눈치 없이 삼촌은 고등학교 안 가느냐고 물었을 때, 삼촌은 그냥 나는 수청구지가 좋다, 무엇하러 답답한 도시에 가서 사느냐고만 했다. 하지만 틈틈이 무슨 공부를 했다. 요새는 아침마다 무슨 자격증을 따러 간다면서 도시락을 들고 대천 읍내로 나가곤 했다.

"형님, 식전 참에 갯바닥에 갔다 오는데 덕배가 읍내에 가는 길에 팥밥이라 못 먹는다구 도시락을 집에 좀 갖다 주라구 하데요. 남의 집에 얹혀사는 주제에 찬밥 더운밥 가리는 넉살 좋은 애는 첨 봤어요. 형님은 속두 좋으시지 이런 싸가지 없는 앨 어떻게 키웠어요?"

안성댁이 꼬잡아 뜯는 소리로 떠들거렸다.

"왜 떠들구 댕겨. 누가 듣겠어."

할머니가 못마땅한 얼굴로 안성댁을 쳐다보며 짧게 말했다.

"덕배가 형님 자식도 아닌데, 뭐가 어때서 그래요? 혼찌검을 내셔야겠어요. 경자 아버지가 덕배 보통 아니라구 하던데, 요렇게 까탈스런 애라 그랬나 봐요. 먹을 게 없어 굶는 애들도 많은데 호강에 겨워서……"

"경자 애비 말은, 그런 뜻이 아닐 거여…… 그러구 지가 무슨 사정이 있었겠지."

"아이참, 제가 모르긴 해도, 경식이 말을 들으니까 덕배가 보통 거만한 게 아니라구 하던데요. 다른 애들을 무시하고, 같이 놀지도 않는대요."

할머니가 말없이 안성댁을 꼬나보았다. 나도 삼촌 험담하는 게 싫어서 무슨 말을 하고 싶었지만 꾹 참았다. 눈치 빠른 안성댁은 할머니가 더는 말을 섞고 싶어 하지 않는 뜻을 읽곤 금방 돌아갔다.

"도시락 반찬이 마음에 안 들었나 봐유. 제 딴에는 궁리 끝에 박대 조리구 콩자반을 넣었는디……"

옆에서 듣고 있던 엄마가 걱정스레 말했다.

"신경 쓸 거 읎다. 저 먹기 싫어 그런 걸 뭘 그려."

먹성이 좋은 삼촌이 무슨 일로 도시락을 놓고 갔는지 나도 궁금했다.

삼촌은 해가 져서야 밥을 굶어 퀭하게 들어간 눈으로 돌아왔다. 엄마가 재빨리 부엌으로 들어가 삼촌의 밥상을 차리느라 달그락거렸다.

"먹기 싫으면 처음부터 싸달라구 허질 말지, 철딱서니 읎이 형수님이 정성스레 싸준 도시락을 버리구 가서 다른 사람들헌티 흉잡히구 그러니? 다음부턴 아예 끼니때마다 챙겨 먹을 생각 마!"

할머니가 밥을 먹고 있는 삼촌을 향해 못을 박았다.

"팥밥을 먹으면 소화가 안 되구 배 속이 부글부글 끓구, 속이 울렁거려 그랬어유…… 죄송혀유, 큰어머니……"

"그게 다 배고파보지 않어 허는 소리여. 농사 못 짓는 워떤 섬 동네는, 일 년 내내 꽁보리 밥두 맘껏 못 먹어서 입 하나 줄이려고 자식들을 남의 집으루 보내는 집두 있어. 건넛산에 애장터가 왜 있는 줄 아네? 육이오 전쟁이 끝나구 굶어 죽은 애들 떼송장을 갖다 묻은 곳이여."

할머니는 그전부터 좀처럼 우리들을 야단치는 법이 없었지만, 밥투정을 하거나 음식을 함부로 버리면 그렇게 꾸중했다. 음식은 감사하는 마음으로 즐겁게 조금씩 먹어야 복이 온다고 늘 강조해왔었다.

애장터에 대한 이야기도 할머니한테 귀가 따갑도록 들어온 말이었다. 원인 모를 병을 앓던 이웃 마을 아이가 영양실조까지 겹쳐 예닐곱 명이나 차례로 죽었다. 죽은 아이들을 산 중턱에 있는 돌무덤에 묻어놓고 산짐승이 물어가지 못하도록 무거운 돌로 눌러놓았다. 지금도 그곳에 가면 그때 죽은 아이들의 뼈가 장작개비처럼 나뒹굴 때도 있다고 했다. 날 궂은 밤이면 아기 울음소리가 들린다고도 했다.

밥을 먹는 동안 삼촌은 고개를 들지 못했다.

밤이었다. 얕은 잠결에 엄마와 할머니의 얘기 소리를 들었다.

"어머님, 되련님은 뭐든 잘 먹는디 팥이 든 음식은 다 싫어해유. 이제부턴 밥 풀 때 팥이 안 들어가게 퍼줘야겠어유."

"앞으론 그렇게 혀…… 생각혀보니 나도 오늘 낮엔 덕배한테 너무 심허게 군 것 같아서 마음에 걸리는구나. 누구나 허기 싫은 일

124

은 혀두 먹기 싫은 음식은 못 먹는 벱인디…… 참, 애야, 덕배 친에미가 팥을 싫어혀서 팥죽은 입에두 안 댔는디, 너 그거 기억나니?"

"그럼유, 생각나쥬. 그 작은어머님은 팥이 싫다구 팥 시루떡두 안 드셨잖어유."

"그랬지…… 어쩜 생긴 것두 닮었지만, 먹는 것까지 즈이 어미를 꼭 빼닮는다니……? 피는 못 속이나 벼…… 그나저나 니가 고생스럽지? 네 자식두 건사허기 힘든디, 덕배에게 어렸을 때부터 지금껏 아무 내색 읎이 친자식처럼 잘혀준 니가 고맙다."

"어머님도 참, 그런 말씀이 워딨어유. 저는 한 번두 되린님을 남의 식구라고 생각혀본 적 읎어유. 되린님은 됨됨이뿐 아니라 머리 좋구 착해서 참 대견스러워유. 늘 봉희를 살붙이처럼 아껴주는 것두 고맙구유."

"니 말처럼, 덕배가 속이 넉넉허구 인간성이 큰 애지…… 상엿집 돌아가면 아주 음침허구 지저분헌 장소가 있잖니……? 경식이랑 그 또래 애들이 매일 거기 모여 싸움박질이나 허구 계집애들 희롱이나 헌다던디, 덕배는 생전 그런 질 나쁜 애들과는 어울리지 않구 묵묵히 제 할 일을 찾어서 허잖니. 저렇게 잘 커준 것만 혀두 감사헌 일이여……"

"그래유. 되린님은 허튼 시간을 보내지 않구, 열심히 일허구 틈틈이 책 읽는 것을 보면 참 듬직혀유."

"그려. 그런디 서방님은 여태 덕배한티 마음을 열지 않으니, 참 속이 상허다. 인저 조금 있으면 장정이 될 텐디…… 덕배 팔자가 사나우먼 워척허나……"

할머니와 엄마의 대화는 밤이 깊도록 그치지 않았다.

화력발전소

날이 어두워지자 사람들이 하나씩 사랑방으로 모여들었다. 무슨 약속을 한 것 같았다.

부엌에서 생선 매운탕을 끓이는 냄새가 났다. 엄마는 먼저 데친 주꾸미, 초고추장, 김치, 미역 초무침 따위를 얹은 술상을 방 안에 들여놓았다. 먼저 할머니, 아버지, 정 씨 아저씨가 둘러앉았다. 모처럼 들른 작은할머니도 끼어 있었다. 나와 삼촌은 수놓는 데 쓰는 실을 감고 있었다. 삼촌이 타래를 양손에 잡고 있고, 나는 실을 실패에 감았다.

정 씨 아저씨가 아버지가 따라주는 막걸리 한 사발을 쉬지 않고 들이켜더니 아버지한테 말했다.

"개발업자들이 땅 한 평 없는 나한테까지 찾아오던데, 발전소가 생기면 농사는 어떡하나?"

"글쎄요…… 아직 잘 물르니께 지금은 뭐라고 허기가……"

아버지가 얼버무렸다. 할머니가 아버지의 말을 듣고 잘랐다.

"네가 물르면 누가 안다네? 다들 너헌테 물을 텐디?"

"글쎄, 화력발전소는 보통 큰 게 아니구, 불을 때구 남은 재를 버리는 터까지 필요허다니께, 논밭이구 바다구 모두 못 쓰게 된다구 봐야겠죠."

아버지는 우울한 표정을 지었다.

밖에서 두런거리는 말소리가 들리더니 당숙이 들어왔다. 조금 있다가 안성댁도 오고 이장 아저씨도 왔다. 동네 사람들도 몇 사람 더 와서 구석에 웅크리고 앉았다. 그 사람들이 묻혀온 바깥 공기가 코끝에 서늘했다.

화력발전소 문제 때문에 수청구지에 외지 사람들이 들락거린다는 얘기부터 입에 올랐다. 낯선 사람들이 수청구지 남자들을 읍내 룸살롱으로 데리고 가 술 사주고 밥 사주면서 동틀에 화력발전소 짓는 데 찬성하는 도장을 찍어달라고 부탁을 한다는 것이었다. 아버지가 물었다.

"이장님이 제일 잘 아실 텐데, 도대체 어떻게 되는 일인가유?"

"면사무소에서는 묻는 말에 대답은 않구, 국가사업이라구 마냥 지시만 허니께, 나두 잘 물러. 머지않아 보상을 시작할 거라구 허더먼."

"보상이라면, 벌써 다 짓기루 결정한 거구먼? 그런디 이장이 잘 모른다니 이상허네. 참 이상허다구. 안 그런가?"

당숙이 언성을 높였다. 할머니가 작은할머니를 향해 물었다.

"서방님이 이 일루 왔다 갔다 헌다는 소문이 있던디, 무슨 말 읊으셨어?"

"성님, 저 같은 깜깜무식쟁이가 뭘 알겠어유. 그런디 쉬쉬허는 게 이상하긴 허유. 저 양반이 요즘 늘 입버릇처럼 그래유. 화력발전소가 들어오면 이제 배구 전답이구 아무 필요 읎게 된다구. 그러면서두 남이 쓰던 배를 사러 댕겨유, 일두 게을리허구 낯선 사람들과 어울려 술만 마셔대유."

화력발전소 짓는 데 찬성하는 도장을 찍어달라며 작은할아버지가 이 사람 저 사람 만나는 것을 직접 봤다고, 당숙이 큰 소리로 말했다.

이장 아저씨가 불쑥, 화력발전소가 들어오면 일자리가 생겨 수청구지 사람들 대부분이 살기 좋게 될 거라고 했다. 수청구지에 공장이 들어오는 것은 물론 대천까지 가는 길도 새로 넓게 뚫릴 거라는 말도 했다. 정 씨 아저씨가, 배운 게 없는데 저 같은 사람이 화력 발전소에서 무슨 일을 하겠느냐고 물으니, 그래도 할 일이 다 있다, 평생직장을 보장해준다고 자신 있게 말했다. 정말 그렇다면 얼마나 좋을까요? 정 씨 아저씨가 반색을 했다.

하지만 당숙은 더 흥분했다.

"쥐꼬리만 한 돈으루 사람 속이러 드너면. 동틀 바다에서 나는 걸루 우리가 평생 먹구살구, 우리 자손들두 풍족히 먹구살 텐디, 그 보상은 다 혀준다는 겨? 칼만 안 들었지 강도나 마찬가지지, 뭣이 어쩌구 어쩌? 바다가 지들 것인감, 자손 대대로 살아온 마을 사람들 것이여. 개발헌답시구 즈이 마음대로 바다 막구 갯벌 없애구 논에다 흙 퍼붓구 그럴 참인디, 절대로 순순히 찬성혀줘서는 안 되어."

"발전소 때미 오염된다는 말은 우리나라 산업 발전을 훼방놓는 빨갱이들이 허는 빈말이래유. 발전소 근처에서 고기두 잡구 김살두 맬 수 있다구 그러던디 한번 믿어봐유."

이장 아저씨가 빙긋빙긋 웃으며 느리게 대꾸했다.

"그게 뭔 소리여? 자네꺼정 한패가 돼가지구설랑 그러는 게 아녀! 그런 말은, 다 그쪽에서 꾸며대는 말이라구. 바다를 메우고 막으면 물길이 바뀌어 썩고 변허기 마련인디, 죽은 개펄에서 워처케 고기가 살구 김이 자란단 말여? 나는 발전소 서는 걸 반대헐 걸세. 영태 자네 생각은 워뗘?"

당숙이 아버지의 대답을 기다렸다.

"말은 맞는데, 참 걱정이네유. 정부에서 한 번 맘먹으면 못 허는 일이 있나유? 국익을 위해서는 꼭 해야 할 사업이라면서 누가 반대하면 잡아 가두기나 하겠죠."

아버지가 한숨을 쉬었다.

130

삼촌이 잡고 있던 실타래가 다 풀렸다. 삼촌이 어른들 쪽으로 돌아앉으며 입을 열었다.

"벌써 읍내에는 소문이 쫙 퍼졌슈. 화력발전소가 들어오면 살기좋아진다구 모두 들떠 있슈…… 선진국은 갯벌을 보호헌다구 함부로 건축 허가를 안 혀준다던디…… 갯벌이 오염돼서 안타깝다는 사람은 한 사람두 읎슈."

삼촌의 말을 듣고 나는 가슴이 뿌듯해졌다. 어쩐지 삼촌이 어른스러워 보였다.

"저것 봐! 애들이 더 잘 아는구먼. 좌우간 그냥 당허구만 살 순 읎어. 나는 징역을 살더라두 반대를 헐 텡께."

당숙이 단호하게 말했다. 할머니가 무얼 바라는 표정으로 아버지를 쳐다보았다. 그러나 본래 말수가 적은 아버지는, 굳게 입을 다물고 있었다.

술잔이 오가는 사이 밤은 깊어갔다. 작은할머니와 당숙이 돌아갔다. 정 씨 아저씨도 마을 사람들과 함께 술에 취해 돌아갔다. 할머니가 착 가라앉은 음성으로 아버지에게 말했다.

"너두 알다시피, 세상에 정 씨처럼 흙을 제 몸처럼 아끼구, 일열심히 허는 사람 드물다. 정 씨랑 당숙이랑, 또 마을 사람들까지 힘을 합쳐서 발전소가 못 들어오게 막으면 안 되겠냐?"

"어머니두 참! 정 씨 형님은 땅이 없어서 반대할 권리도 없는 사람예요. 그리고 정부에서 군대식으루 밀어붙이는데, 몇 사람이 어떻게 막겠어요? 개발업자들두 원주민이 해를 입더라두 저희들 이익 챙기느라고 막 밀어붙일 텐디…… 벌써 다 틀린 것 같어요……"

아버지는 술에 취했는지 눈이 벌겋게 충혈되어 있었다.

할머니는 무슨 말인가 더 하려다 말고 담배만 피웠다.

겨울 바다

날씨가 갑자기 추워졌다.

방학인데도 공장 일 때문에 며칠밖에 쉬지 못하는 언니가 집에
와서 종일 잠만 잤다. 여고 교복을 입은 언니는 벌써 처녀티가 났
다. 그렇지만 얼굴이 하얗고 콩나물처럼 말라서 폐병 환자 같았다.
어디가 아프냐고 다들 걱정하자 언니는, 그냥 쉴 새가 없어서, 피
곤해서 그렇다고만 했다. 낮엔 신발 만드는 공장에서 일을 하는데,
야간에 공부시켜주고 또 기숙사에서 먹여주고 재워주니까 월급이
적다면서, 언니는 아버지 목도리와 내 장갑을 선물로 내놓았다. 좋
긴 했지만 언니가 그전보다 우울해 보여 마음이 안 좋았다.

할머니하고 고모, 삼촌이 바다에 갈 준비를 했다. 다들 바구니를
챙기고 털 잠바를 껴입었다. 언니까지 함께 가자고 귀마개를 챙기

는 걸 보고, 나도 따라가겠다며 졸랐다. 얼마 안 있으면 갯벌이 없어진다는데, 여러 식구가 갈 때 나도 가고 싶었다. 언니가 사다 준 털장갑을 껴보고 싶기도 하였다.

"업혀 다니는 주제에 거기가 어디라구 따라올려구 혀. 오지 마."

고모가 눈을 치켜뜨며 잡아떼듯 말했다. 엄마도 말렸다.

"날이 풀리면 엄마랑 가자. 오늘은 너무 추워 못 가."

"싫어, 나두 갈 텨. 데리고 가줘."

"애 생고집 또 나온다! 고집부릴 걸 부려야지. 다리 못 쓴다구 성격이 뒤틀리고 아주 모나버려서 큰일이여."

"오죽 가구 싶으면 그러겠니? 한번 데리구 가보렴."

고모가 골을 내며 짓떠들자 할머니가 구슬렸다.

"날씨가 추워 저두 고생허구 주위 사람들 성가시게 허니 그렇지! ……에구, 기지배…… 그럼 어서 옷이나 두껍게 껴입어! ……춥다구 집에 가자구 조르면 떼놓고 올 테니 그리 알어."

마침내 고모가 허락해주니 엄마도 털목도리를 해주고 두꺼운 솜바지도 덧입혀주었다.

"누나, 나는 봉희를 업고 가 옆에 앉혀놓아야 맘이 편혀. 애 혼자 풀이 죽어 있는 걸 생각허면 뭘 해두 재미 읎거든."

삼촌이 나를 번쩍 업고 먼저 앞장섰다.

"썩을 늠! 그려, 너 착허다 착혀."

고모가 야단스럽게 비아냥거려도 삼촌은 들은 체 만 체했다. 나는 삼촌의 등에 업혀 가는 것이 듬직하니 좋았다.

바다는 썰물 때라 갯벌이 드러나 있었다. 삼촌은 나를 수문 옆 방파제 둑 위에 내려놓았다. 낡고 허름한 배들이 방파제에 묶여 있었다. 둑에는 쥐불 자국이 거뭇거뭇하고, 그 아래 습지엔 해홍나물과 칠면초가 붉었다. 추위와 세찬 바람 속에서도 갯벌 식물들은 억척스레 살아 있었다.

"봉희야, 춥지? 잠깐만 기다려."

삼촌이 마른 나뭇가지를 모아 모닥불을 피웠다. 바닷바람에 제법 불꽃이 일었다.

언니와 삼촌은 바위에 돋은 세모를 뜯었다. 나는 세모를 좋아했다. 햇빛에 잘 말려 까슬까슬한 세모를 볶아 먹으면 고소하고 달큼했다. 수문 벽과 바위산 절벽은 온통 돌김 천지여서 뜯어도 뜯어도 줄지 않았다. 난 돌에 붙은 눈알고둥을 떼려고 당겼으나 잘 떨어지지 않았다. 할머니가 굴을 찍어다 내 입속에 넣어주었다. 짭쪼롬한 바다 내음이 입안 가득 번졌다.

고모는 무릎까지 빠지는 갯벌에서 추운 줄도 모르고 조개와 고둥을 눈에 띄는 대로 잡았다. 고모의 바구니가 제일 먼저 그득해졌다.

동네 사람들 몇이 저쪽에서 반갑다는 손짓을 했다. 수청구지 사람들은 바람이 불거나 날이 궂어도 날마다 갯가에 나왔다. 제철이 되면, 캄캄한 자정에도 게, 주꾸미, 낙지를 잡았다. 무엇보다 김 농사가 큰돈이 되었는데, 갯벌을 메운다니 이제 다 끝난 일인지 몰랐다.

"어머니, 화력발전소를 워다다 짓는다는 거유?"

고모가 개흙이 튀고 찬바람에 불그죽죽한 얼굴을 찌푸리면서 말했다.

"바루 여기여. 이 갯벌을 다 메우구, 우리 동네 땅까지 쓴댜. 우리 집허구 땅은 워처케 되는지 궁금혀서 네 오빠한티 자세히 알아보라구 했더니, 우리 집 있는 근처만 조금 남구 동네가 거진 다 읎어진다는구나. 그런디 난 아직 통 믿어지지가 않는다. 갯벌이 읎어지구 동네가 읎어진다는 게 빈소리로만 들려."

할머니가 갯벌에서 허리를 펴며 걱정스레 말했다.

"다들 미쳤는개벼유. 여기서 나오는 김이 세계 최고라는디……"

"네가 뭘 안다구 그런 말을 허냐? 최고는 무슨……"

고모가 눈을 흡뜨며 삼촌의 말을 가로막았다.

"아이 참, 고모는…… 삼촌이 모르고 하는 말은 아니야. 동틀 바다에서 나는 김이 세계 최고래……"

돌김을 뜯던 언니가 삼촌의 말에 맞장구쳤다.

"하필이면 우리 동네를 없애지? 그럼 우리 식구는 어디로 가는데? 나는 얼마 안 살았어두, 도시가 싫어. 거기는 다들 돈밖에 몰라. 뭐든 돈으로만 따지구 돈에 미쳐 있는 것 같아. 나는 가난하게 살더라도 이곳이 좋아."

할머니는 언니 말을 잠자코 듣고만 있었다. 고모도 표정이 굳은

136

채 말이 없었다. 그동안 열심히 바지락을 잡아 돈을 차곡차곡 모아 온 고모였다. 한번은 갯벌에서 굴을 쪼다가 발뒤꿈치를 굴 껍데기에 베어 고무신에 피가 흥건히 괼 정도로 많이 다쳤다. 그러고도 광목으로 상처를 칭칭 싸매고 여전히 조개를 잡으러 다녔다. 고모한테 갯벌은 시집갈 밑천을 마련하는 일터였다.

"난 이제 뭘로 돈 벌지? 이제 학교 가기는 늦었으니께 다른 동네 애들처럼 도시루 가서 가발공장에 취직허까? 혼수감두 준비허구 예쁜 옷두 사 입구, 손두 뽀얗게 가꿔서 시집 좀 잘 가게."

"시집가는 디 뭐 그리 바리바리 혀갈라구 그려? 목화솜 타서 이불허구, 세숫대야, 요강, 그릇 몇 개 장만혀놨으면 됐지. 혼수 땜이 다 큰 처녀가 집 밖으로 나돈다는 겨? 푼수 떨구 있네."

할머니가 퉁명스레 내질렀다. 고모와 언니는 마주 보며 히죽 웃었다.

나는 점점 추워서 견디기 어려웠다. 아랫도리가 제일 시려웠다. 피가 잘 돌지 않는 다리는 점점 얼어붙은 쇳덩이처럼 차갑고 무거워졌다. 할머니가 눈치를 챘다.

"봉희야, 춥지? 얼굴이 시퍼렇게 얼었구먼. 다들 그만 집에 가자. 봉희가 추워 안 되겠다."

"오지 말라니께 기어이 따라와서 속을 썩이누. 밀물 때까지 더 잡을 수 있는디……"

고모가 아쉬워 투덜거렸다.

먼 수평선 너머부터 하늘이 흐리더니 갑자기 눈발이 날렸다. 우리가 돌아갈 채비를 마쳤을 때, 눈은 함박눈으로 바뀌었다. 눈은 삼촌의 어깨며 고모의 함지박에 사뿐사뿐 내려앉았다. 언니와 내 머리에도, 할머니의 깡마른 등에도 금세 쌓였다. 온 들판이 흰 옥양목 홑이불을 펼쳐놓은 것처럼 변해갔다. 길에 눈이 더 쌓이기 전에 서둘러 집으로 돌아가야 했다.

나는 언니가 선물한 장갑이 젖을까 봐 장갑 낀 손을 단단히 주머니에 넣었다. 삼촌이 모닥불을 끈 후 나를 등에 업었다. 고모는 잡은 것들이 담긴 함지박을 머리에 이고도 저만치 가고 있었다. 언니도 처음 들어보는 영어 노래를 흥얼거리며 어느새 앞섰다.

언덕길로 접어들자 우리 동네가 한눈에 보였다. 산과 들판이 온통 눈으로 새하얬다. 드문드문 엎드린 집들이 정다워 보였다. 바다 쪽을 돌아보니 조금 전까지 해물을 잡았던 방파제 부근이 아득하고, 바위산도 꿈속처럼 멀었다. 갯벌엔 먼 곳에서부터 바닷물이 돌아오고 있었다. 온 천지가 희어도 바다만 검푸른 그 광경, 밀물이 갯벌을 덮어오는 그 장면이 지금도 선명하게 기억난다. 그 겨울 바다의 밀물은, 온갖 고기를 데리고 한사코 마을 쪽으로 오려는 것 같기도 하고, 무언가 성이 나서 우리한테 따지고 드는 것 같기도 했다.

작은할머니

할머니는 작은할머니가 많이 아픈가 보다고, 한번 가봐야겠다고 자주 말씀하셨다. 그러던 어느 날 작은할머니가 함지박을 이고 나타났다. 함지박엔 우럭, 농어, 돔 같은 생선이 가득 담겨 있었다.

"안 그래두 가려던 참인디, 이렇게 비싼 것은 팔아야지 뭐 허러 가져와."

"몇 마리 안 되니께 그냥 맛이나 보세유. 지가 몸이 안 좋아서 큰댁에 넘어온 지두 한참 됐쥬?"

"자네 얼굴이 영 말이 아니구먼. 그저 일을 좀 적게 허구 자네 건강이나 돌보게나. 건강치 못허면 돈이구 뭐구 다 필요 읎는겨."

작은할머니는 눈이 쏙 들어가고 볼이 홀쭉한 게 기력이라곤 조금도 없어 보였다. 병이 깊은 게 표가 났다. 누렇게 뜬 얼굴빛도 그렇지만 피부병은 아주 심각해 보였다.

"그이가 돈타령이지 저야 뭐…… 요즘엔 갯바닥에 한 번두 안 나갔슈. 세상 구찮어서 살구 싶지두 않으니께. 저 이 피부 좀 보세유. 온몸이서 진물이 나유."

작은할머니가 옷을 들추어 보였다. 온몸에 여기저기 종기가 난 것 같았다. 코끼리 거죽처럼 거칠고 투박해진 손등도 움푹 패어 진물이 흘렀다. 그 모습에 나도 모르게 진저리가 쳐졌다.

"아니, 아프다는 소리는 들었지만 조금두 차도가 읎는겨? 왜 이 지경이 되도록 놔뒀댜? 자네두 참…… 다른 것 다 제쳐두구 병원 가서 치료부터 혀야지, 이게 워쩐 일이여."

"요샌 몸뚱이가 어찌나 가려운지 긁다긁다 이 지경이 됐슈."

작은할머니는 아기가 없었다. 작은할아버지는 조강지처인 청양댁한테 그랬던 것처럼 작은할머니한테도 구박을 일삼았다. 애를 못 낳는 게 누구 때문인지도 모르면서, 애를 낳지 못하면 여자도 아니라고 툭하면 살림을 부수고 폭언을 했다. 나도 작은할머니가 늘 골치가 흔들리고 깨질 듯 아프다면서 하얀 봉지에 담긴 가루약을 먹는 걸 본 적이 있었다. 그렇게 갖가지 병으로 시름시름 앓은 지가 꽤 오래되었는데, 사람들은 작은할아버지 때문에 생긴 울화병이라고도 하고, 너무 일만 많이 해서 골병이 들었다고도 했다.

"전 죽어두 한이 읎슈…… 자식새끼두 읎는디, 오래 살어 뭐헌대유."

작은할머니가 자식 얘기를 꺼냈다.

"자네는 툭 허먼 자식 얘기허먼서 왜 덕배는 제쳐두고 말허나? 걔는 엄연히 호적에 있는 서방님 아들이여. 자네 죽구 나면 제삿밥 올려줄 사람두 덕배여. 왜 마음을 안 주구 그랴?"

"제가 왜 덕배를 자식처럼 안 여기겄슈? 저희 집 냥반이 통 그 애한티 정을 쏟지 않는 게 문제지유. 정은커녕 눈엣가시루 생각허구, 애를 보기만 허면 쥐 잡듯 혀유. 덕배만 보믄 화가 뻗쳐서 밥도 안 넘어간다나 워쩐다나. 허는 짓이 커갈수록 죽은 지 에미랑 똑같다구 그러대유. 덕배 생모가 농사철에두 하얀 버선발루 코빼기두 안 내밀구, 책 읽는 것밖에 몰랐다면서, 덕배를 욕허던 걸유……"

작은할머니는 말하는 중간에 숨이 차서 헐떡거렸다.

"또, 죽구 읎는 사람 얘길 헐 텐가……? 거참, 서방님이나 자네나 다들 왜 그 모냥여……"

할머니가 말허리를 잘라놓곤 작은할머니를 측은한 얼굴로 바라보았다.

"……그나저나 다 그만두구 자네 몸부터 치료혀. 사람이 참는 것두 정도가 있지 그게 뭔가. 서울 큰 병원엘 꼭 가보게나."

"글쎄, 그이가 돈 쓰는 걸 싫어허구, 지가 무슨 힘이 있겄슈…… 까막눈이라 워디 가서 뭐 헐 줄두 물르구유."

작은할머니가 힘없이 말했다.

그날 저녁 삼촌과 나는 새로 구해 온 책을 같이 보고 있었다. 삼촌은 자수는 물론이고 손뜨개, 편물 같은 것처럼 손으로 하는 일에 관한 책이면 닥치는 대로 구해다 주었다. 그렇지만 이번에 삼촌이 대천역 앞의 양재학원에서 사 온 책은, 나하고는 상관없는 것처럼 생각되었다. 책을 몇 장 넘기지 않았는데도, 내가 옷 짓는 법을 배울 수 없다는 걸 금세 알아차렸다. 재봉틀이 없기도 했지만, 허리 높이의 재단대 앞에 서서 넓은 천을 마르고 잘라낼 수 없기 때문이었다. 내가 할 수 있는 일은 제한되어 있었다. '지가 무슨 힘이 있겄슈……' 작은할머니의 힘없는 음성이 자꾸 귓가에 맴돌았다. 작은할머니도 나도, 따지고 보면 모두 새장 속에 갇힌 힘없는 새 신세였다.

　내가 건성으로 책을 들추고 있을 때, 할머니가 방에 들어와서 삼촌 앞에 앉았다.

　"덕배야, 네가 아버지네 갔던 게 원제냐?"

　"지난달에 고사떡 했을 적에 떡 갖다 드리라고 혀서, 그래서 갔었쥬."

　"그런 때 말구, 살러 간 게 원제냐구."

　"작년 모 심을 때랑 새우잡이 배 들어왔을 때…… 자꾸 가서 일 도우라구 그러셔서 갔었잖유."

　"그래, 알었다. 그런디, 내일 아버지네 집으로 가야겄다. 네 어머니가 저렇게 아푼디 도대체 돌봐주지 않으니 너라도 도와드려라.

병원에두 모시구 가구. 아버지가 워쩌더라두 이번엔 절대 금방 돌아오먼 안 된다."

"지가 뭐, 금방 오구 싶어서 오나유……"

"그래, 내가 다 안다. 하여간 이번에 가면 절대 돌아오면 안 되여, 그 집에서 아주 산다는 결심으루 가야 혀. 그러잖으먼 네 에미한티 불효가 되니께 그려. 네가 원제까지나 여기서 살 수두 읎구…… 내 말 알아듣네?"

삼촌은 아무 말 없이 고개만 숙이고 있었다.

삼촌은 다음 날 옷 보따리를 메고 작은할아버지네로 갔다. 삼촌은 가기 전에, 헌책방에서 사 오긴 했지만 책이 두꺼워서 펴보지 않았던 『레미제라블』 『부활』 『폭풍의 언덕』을 모두 다 읽고 있으라고 숙제를 내주었다.

"너는 학교에 못 가니께 책을 스승 삼아야 혀. 수를 잘 놓을라면 그림도 잘 그려야 헐 테니께, 자꾸 무엇이든 그려보기두 허구."

"책은 금방 읽을 수 있는디…… 그림은 아직 서툴러…… 지금 가면, 아주 안 오나?"

"잘 물러. 너두 알아둬. 세상에는 제 맘대로 안 되는 일이 많으니께, 마음을 단단히 먹어야 되어. 똑똑해져야 되구. 너는 부모님이랑 식구가 있지만……"

"마음만 단단히 먹으면 뭐헌댜? 나다니질 못하는디……"

"다닐 수 있어. 더 자라면 목발을 짚을 수두 있구, 너 같은 사람

들이 타는 차가 나올지도 물러. 너는 작은할머니 같은 병에 걸린
게 아녀."

"작은할머니가…… 돌아가시나?"

"소문이 그려."

"그려……? 워쨌든 삼촌은 나 보러 자주 와야 혀? 약속허지?"

제5부

수로 놓은 가족사진

읽으라는 책도 다 읽고 그림도 여러 장 그려놓았지만 삼촌은 좀처럼 오지 않았다. 작은할아버지 댁에 가면 며칠 못 가 쫓겨나다시피 돌아오곤 했기 때문에 삼촌이 이번에도 그럴 줄 알았는데, 그게 아니었다. 나한테만이라도 살짝 다녀갈 줄 알았으나 도무지 소식이 없었다.

나의 발이요 눈이며 선생님이나 마찬가지인 삼촌이 없어진다……상상하기도 싫은 일이었다. 삼촌이 언제까지나 나를 보살펴줄 수 없음을 언젠가부터 짐작하고 있었지만, 이제 비로소 올 것이 오고 있다는 불길한 예감이 들었다.

사랑마루에서 수를 놓다가 눈이 아파 문득 고개를 드니 뒷산 수풀에 벌써 제법 푸른빛이 돌았다. 바람에도 포근한 기가 느껴졌다.

부근 언덕과 밭둑에도 풀이 무성했다. 봄기운이 씀바귀, 냉이, 쑥, 쇠비름 같은 풀들을 일제히 깨운 것이었다.

농사를 잘 지으려면 소부터 튼튼해야 한다고, 할머니는 콩을 잔뜩 넣은 쇠죽을 끓이고 있었다. 부엌에서 고모와 함께 열무김치를 담고 난 엄마가 내 곁에 다가왔다. 엄마는 내가 금방 수놓기를 끝낸 방석을 보고 감탄했다.

"이 수를 어린애가 놓았다구 누가 믿겠니? 쬐그만 것이 눈썰미 있구 색깔도 예쁘게 꾸밀 줄 아는구나. 저번에 할머니가 비단실두 사주셨지? 봉희는 할머니께 늘 감사해야 혀."

부엌 아궁이 앞에서 불을 때고 있는 할머니 귀에 들리도록 엄마가 아주 큰 소리로 말했다. 엄마는 내 솜씨가 나날이 좋아지는 게 기뻐서 어쩔 줄 모르는 표정이었다. 엄마의 그런 모습이 좋아서 밤중이고 새벽이고 가리지 않고 수틀 앞에 앉았는지도 모른다.

이제 나한테는 방석이나 베갯잇에 수를 놓는 일 따위는 일거리도 아니었다. 나는 수를 놓을 뿐 아니라 이것저것 생활용품을 만들어냈다. 무엇이든 내 손이 닿으면 예쁜 수예품이 된다고, 다들 칭찬했다. 삼촌이 헌책방에서 구해다 준 책들에는 내가 모르는 기호나 영어가 잔뜩 씌어져 있는 것도 있었다. 그런 것들도 그림만 보고 몇 번 연습하면 척척 만들어낼 수 있게 되었다.

오늘은 빨간 공단 천을 접어서 새로 복주머니를 만들어보기로 했다. 복주머니 위에 할머니가 사준 비단실로 민들레, 채송화, 제

비꽃 같은 작은 꽃들을 수놓을 참이었다. 비단실은 현기증이 날 정도로 곱고 화려했다.

복주머니 묶는 줄은 비단실로 굵게 꼬아서 써야 했다. 엄마가 실을 꼬아주겠다며 손바닥을 포개어 싹싹 비볐다. 하지만 번번이 실패했다. 부드러운 비단실이 엄마의 거친 손에 자꾸 달라붙었다.

"나는 실도 못 꼬겠구먼…… 그런디 어머니, 저녁엔 무슨 국을 끓일까유?"

"아직 저녁하기에는 좀 이르잖네? 텃밭에 움튼 냉이가 더러 있더라만……"

할머니는 말을 하다가 말았다. 엄마도 잠시 아무 말이 없었다. 냉잇국은 아버지가 제일 좋아하는 음식이니까, 아버지 생각이 나서 그러셨을 거였다. 아버지는 아무래도 수청구지에서 살기는 틀렸으니 취직할 데를 알아봐야겠다고 아는 사람이 있다는 대구에 갔는데, 벌써 일주일 가까이 돌아오지 않고 있었다.

대구로 떠나기 전에 아버지는 할머니와 언쟁을 하였다.

"그러면 너는, 발전소 지으라구 도장을 찍어준다는 말이냐?"

"안 찍으면, 보상두 안 해준다는디 어쩌겠어요."

"나 원 참! 너는 워째 나만큼두 모르냐? 보상을 안 받으면 될 거 아니냐? 밭이구 뭐구 그냥 두라구 허면 될 거 아니냐구……? 여기에 남아서 농사짓구 이냥 살자. 넉넉하진 않지만 땅이 있구 바다가 있으니 우리 식구 밥 굶지 않구 맘 편히 살 수 있잖냐. 도시는 돈 많은 사람들헌티나 좋은 데지 가난한 사람들은 더 살기 힘든 곳이여. 집 한 칸두 읎이 워쳐케 살려구 그려…… 우리 주위에서 너처럼 고등핵교까지 나온 사람두 드물잖니? 말마디깨나 할 수 있는 건 너뿐이여. 그러니 애비 네가 사람들헌티 바른 말을 좀 혀라. 마을 사람들과 뭉쳐서 대들어보란 말여. 내가 너라면 여기 남어서 목에 칼이 들어와두 그 사람들이 발을 못 붙이게 해보겠다. 사내대장부가 그렇게 대가 약혀 무엇에다 써!"

"어머니두 참! 왜 자꾸 같은 얘길 또 허게 하세요. 우리 동네 몇 사람이 동의 안 한다구 정부서 허는 일이 중단될 줄 아세요? 어림두 없어요. 지금 공단 만들구 새마을운동한다구 온 나라가 전기, 전기, 허구 있는디, 몇 사람 발버둥 쳐봐야 눈 하나 꿈쩍도 안 헌다니께유. 공해가 어떻고 자연보호가 어떻고 떠들다가 산업 발전 가로막는다구 국물도 없게 된 사람이 전국에 쌨슈. 몇 푼이라두 보상을 해준다구 헐 제 그거라두 받는 게 상책이라구요."

할머니는 잠시 입을 다물었다. 아버지가 음성을 낮추었다.

"어머니, 이런 일 아니라두, 지금 여기저기서 다들 시골을 떠나구 있어요. 땅값두 싸구 농산물 값이 헐해서 농촌은 점점 살기 어렵구, 도시로 가야 돈벌이가 되니까요. 남들은 자식 등을 떠밀어 도시루 내보내는 판인디, 왜 제 발을 묶어놓으려고 그러세요. 다 잘 될 테니까 걱정 말구 기다리세유."

"니가 다른 사람덜허구 같으냐? 너는 장손여, 종갓집 외아들이라구……"

할머니가 깊은 한숨을 쉬었다. 아버지도 한동안 말이 없었다.

"죄송한 말씀이지만, 종갓집이라는 것두, 이젠 안 따지는 세상유…… 제사는 도시에 가서두 지낼 수 있어요."

"그려? ……너는 그럴라나 물러두, 나는 죽어두 수청구지 안 떠난다. 그런 줄 알어라. 내 살던 디서 마음 편히 내 맘대로 살다 죽을란다. 조상 대대루 살아온 여길 버리구 떠나면, 저승 가서 네 아버지한티 무슨 낯을 든다냐?"

아버지는 더 말을 하지 않았다. 그리고 다음 날 떠났다.

아버지가 떠난 후로 집안에는 무거운 공기가 가득했다. 할머니는 근심스러운 얼굴로 담 밖을 내다보는 날이 많았다. 고모도, 신바람을 내던 집안일을 게을리했고, 엄마는 엄마대로 잠을 못 자 얼굴이 늘 푸석푸석했다.

"오늘은 수 그만 놓구 바람 좀 쐬줄 텡께 밖으루 나가자."

엄마가 내 옷에 붙은 실밥을 떼어주며 말했다. 나는 골무와 바늘, 색실을 반짇고리에 넣고 수틀을 치웠다. 엄마는 업히라고 등을 내밀었다. 엄마의 등이 오늘따라 유독 좁고 깡말라 보여서 나는 멈칫거렸다.

"내가 나갈래유. 깔개나 줘유."

나는 토방에 놓인, 고무 깔개를 가리켰다. 삼촌이 작은할아버지네로 떠난 뒤에도 나는 가끔 그것을 이용했다. 아버지의 낡은 고무 장화 조각을 덧대어 만든 그것을 다리에 감아 고정시킨 후 장갑 낀 손으로 땅바닥을 짚고 뭉그적뭉그적 앞으로 움직이곤 했다.

엄마가 깔개는 갖다 주지 않고 갑자기 나더러 일어서보라고 했다. 웬일인지 몰라 가만히 있자 돌 지난 애 걸음마시키듯 양손으로 나를 일으켜 세웠다. 엄마에게 매달려 위태위태하게 일어서던 나는 금세 중심을 잃고 쓰러졌다. 다리는 힘없이 덜렁거리고 헛놀았다. 나는 가끔씩 아무도 없을 때 기둥 같은 걸 붙잡고 바들바들 떨며 일어서보곤 했다. 하지만 너무 힘들고 누가 볼까 싶어 해보지 않은 지 오래였다.

엄마는 내 다리를 자세히 들여다보면서 흐물거리는 종아리를 당겨보기도 하고 발목을 주무르기도 했다. 그러면서 여기는 어떠냐, 이쪽은 힘이 좀 있는 것 같은데 더 좀 힘을 줘봐라…… 자꾸 그런 말을 했다. 엄마가 이상스러워서 나는 가만히 있었다.

"아버지가 오라고 허면 도시루 가얄 텐디, 이런 몸으루 워디 가서 워처케 산다네?"

엄마는 눈물이 글썽한 채 다시 등을 내밀었다. 나는 순순히 업혔다.

집 밖으로 나오니 포근한 바람이 살을 간지럽혔다. 하지만 나는 엄마 등에 볼을 대고 가만히 있을 수밖에 없었다.

바다 쪽으로 가는 언덕에는 순비기나무 잎이 새로 돋아나고 있었다. 곧 잎이 더 피고 줄기도 무성해지면 온통 땅을 뒤덮을 것이다. 꽃을 피워 부근을 보랏빛 천지로 만들 것이다.

엄마의 등에 기댄 나의 귓속에 엄마의 음성이 웅웅거렸다.

"내가 너를 이렇게 만들어놨구나. 이 세상에 나처럼 어리석은 에미가 또 워디 있겠니…… 일찍버텀 운동도 시키구 노력혔으면 한쪽 다리라두 쓸 수 있었을 텐디……"

엄마가 처음 하는 말은 아니었다. 그런 말을 들을 때마다 나는 슬프고 괴로웠다. 내가 우리 가족을 천에다 수놓는다면, 수틀 속에다 가족사진처럼 식구들을 색실로 아로새긴다면, 엄마는 항상 웃고 있어야 했다. 엄마가 슬픈 표정이면 그건 오로지 나 때문이니까.

나는 엄마의 목을 가만히 끌어안았다. 가족들의 도움으로 이만큼 컸는데, 몸은 어쩔 수 없이 이렇게 됐지만 엄마를 더 이상 슬프게 해서는 안 돼. 그러면 나는, 참 나쁜 애가 돼. 속으로 중얼거리는 사이, 문득 삼촌 생각이 났다. 우리 집이 도시로 이사 가면, 삼촌하고는 어떻게 되지? 또 할머니가 함께 가지 않으면, 우리 가족은 어떻게 되는 거지?

뻘밭에 빠진 사람들

나는 삼촌이 보고 싶어 견딜 수 없어서 할머니를 졸랐다. 할머니를 귀찮게 한다고 엄마가 꾸중하셨다. 그렇지만 엄마가 장에 간 사이, 할머니는 작은할머니도 볼 겸 같이 가자면서 나를 업고 집을 나섰다. 평평한 곳에서는 나 혼자 고무 깔개를 끌고 울퉁불퉁한 길에서는 할머니에게 업히면서 작은할머니 댁까지 갔다.

작은할아버지 집은 방파제 옆에 외따로 있었다. 할머니는 언젠가 말했다. 작은할아버지네 집은 어리석고 둔한 작은할아버지를 닮아 모양이 볼품없고 분위기가 썰렁하다고.

배들이 방파제 안까지 바짝 올라와 있었다. 엊그제 세찬 돌풍이 불어서 큰 파도에 고깃배가 뒤집히기도 했다는데, 물이 나간 갯벌은 언제 그랬나 싶게 조용했다.

농사보다 고기잡이를 많이 하는 작은할아버지네 울안에는 사방에 그물이 얼크러져 있고, 부표, 닻 같은 선구들이 널브러져 있었다. 귀밑과 턱 주변에 털이 덥수룩한 사람이 할머니에게 꾸벅 인사를 하더니 등에서 나를 받아 안아 마루에 앉혔다. 그 사람이 바로 어른들이 '병식이'라고 부르는, 작은할아버지 댁 머슴인 것을 나는 나중에 알았다. 그의 몸에서 시큼한 땀내가 났다.

"동서는 좀 워뗘? 병원엔 다녀왔남?"

"좀 낫다구 허시면서 안 가셨슈."

구레나룻이 걸걸한 목소리로 말했다. 나는 삼촌을 찾았다. 하지만 삼촌은 매미골로 심부름을 갔다고 했다. 안방 문이 열리면서 작은할머니 얼굴이 보였다.

"우리 봉희두 왔구먼?"

나를 향해 웃는 것 같았지만 작은할머니의 얼굴은 여기저기 짓무르고 고름딱지가 앉아 표정을 알 수 없었다. 머리카락이 헝클어지고 몸이 온통 부숭부숭했다.

작은할머니는 마룻바닥에 손바닥을 짚고 앉은 채로 몸을 밀어 방으로 들어오는 나를 부축하려고 했다. 나는 무심코 작은할머니의 손이 닿는 걸 피했다.

방은 아주 어두컴컴했다. 가구들이 할머니 방에 있는 것보다 많고 비싸 보였지만 하나같이 때에 찌든 것처럼 칙칙했다. 메주 뜨는 냄새도 아니고 생선 썩는 냄새도 아닌 아주 불쾌한 냄새가 났다.

나는 나도 모르게 코를 싸쥐었다.

작은할머니가 벽장문을 열더니 말린 가오리 한 마리를 꺼내 먹으라고 주었다. 가오리를 통째로 받자 웬 횡재인가 싶었지만 선뜻 손이 가지 않았다. 그래도 한 번 물어뜯었다가 진저리를 치며 할머니한테 내밀었다. 매운 맛도 맛이지만 퀴퀴하고 비릿한 냄새에 비위가 상해 토할 것 같았다.

"봉희야, 먹어봐…… 너 어렸을 적에, 몇 년 동안 누워 앓던 기억나네? 내가 누워만 있자니께 네 생각이 나더라."

작은할머니의 목소리는 콱 잠겨 있었어도 정이 담겨 있었다. 할머니가 병 걱정하는 말을 계속했지만, 어쩐 일인지 작은할머니는 나만 쳐다보았다.

"인제는 컸으니께 다리에 힘이 좀 생기지 않았냐? 나야 이젠 틀린 것 같지만, 너는 크는 애니께 꼭 일어설 수 있을 껴."

작은할머니가 갑자기 내 쪽으로 몸을 숙였다. 부어서 탱탱해진 손으로 내 손을 잡고 희미하게 웃었다. 나는 손을 뺄 수 없었다.

할머니도 화제를 바꾸어 내 얘기를 했다.

"봉희가 앓을 땐 다른 사람들이 보구 모두 죽겠다구 혔었는디 많이 좋아졌지. 다리는 불편해두 눈썰미가 있어서 수두 놓구 책두 읽구 그랴."

"암 그래야지…… 너는 워쳐케든 잘살으야 혀…… 요롷게 이쁜디……"

작은할머니가 말끝을 흐리면서 내 얼굴을 빤히 쳐다보았다. 예쁘다는 말에 갑자기 내가 정말 예쁘고 착한 아이 같은 기분이 들었다. 지금 생각해보니, 그때가 작은할머니와는 마지막 만남이었던 것 같다.

"서방님은 안 보이네? 동서 옆에 좀 있지 않구."

"사랑방에서 몇 날 며칠 술독에 빠져 지내유. 이젠 아예 지가 누워 있는 이 방은 쳐다두 안 봐유."

"에구, 젊어서버텀 인정머리라곤 손톱만큼두 읎지…… 사랑방에 가서 서방님 좀 보구 갈게, 나오지 말구 누워 있어."

"작은할머니, 안녕히 계세유."

나는 깍듯이 인사를 했다. 어쩐지 그래야 할 것 같았다. 그러자 작은할머니가 또 나를 똑바로 보며 힘주어 말했다.

"봉희야, 몸이 성치 않아 학교엔 못 가두, 책 열심히 읽어라. 나겉은 무식쟁이가 되지 말구, 깬 사람이 돼야 혀. 똑똑헌 깬 사람 말여."

사랑방엔 여러 사람들이 뿌연 담배 연기 속에 모여 있었다. 작은할아버지는 취해서 아랫목에 비스듬히 기대어 앉아 있었다. 양복을 입고 머리에 기름을 바른 낯선 사람들 틈에 이장 아저씨가 보였다.

이장 아저씨는 할머니의 갑작스러운 출현에 당황하는 눈치였다. 작은할아버지가 몸을 가누려고 애쓰면서 말했다.

"형수님이 여긴, 웬일이래유?"

"서방님, 동서가 몸이 많이 안 존 거 같으니 좀 보살펴줘유."

작은할아버지는 아무런 대꾸도 하지 않았다. 크지 않은 체구가 어쩐지 더 작아 보였다.

"그보다두유, 형수님, 형수님두 발전소 짓능 거 찬성허는 거쥬?"

작은할아버지가 게슴츠레한 눈으로 바라보며 생뚱맞게 발전소 얘기만 꺼냈다.

"글쎄, 워떻게 생각허실지 물러두, 저는 반대헐 거유. 조상 대대루 여기서 살었구, 돌아가신 애 할애비허구 일군 터전을 버리구 떠날 수두 읎으니께. 그러구 서방님두, 고기잡이며 김 농사는 워척헌대유?"

작은할아버지 얼굴이 벌레 씹은 것처럼 잔뜩 찌푸려졌다.

"그거야, 그만둘수록 좋지유. 한밑천 크으게 잡으면 그보다 존 일이 읎으니께 얼씨구나 좋다 허구 그만두는 거 아니겄슈……?"

"한밑천이라뉴? 동서는 죽게 생겼넌디, 아이구, 돈이면 다래유?"

할머니는 작은할아버지의 대답은 듣지도 않고 돌아서서 나와버렸다.

삼촌을 만나지 못하고 돌아가는 길은 쓸쓸했다. 하늘에 구름이 가득하고 바람도 찼다. 동네가 텅 빈 것 같고, 집으로 가는 길이 유난히 멀게 느껴졌다. 할머니가 중얼거렸다.

"사는 게 워째 이렁가…… 다들 뻘밭에 빠진 사람들 같구먼……"

작은할머니가 손에 쥐여준 가오리를 만지다가, 눈물이 핑 돌았다. 그리고 한번 흐르기 시작한 눈물은 좀처럼 그치지 않았다.

나는 그때 왜 울었던 것일까? 단지 작은할머니 때문만도 아니다. 삼촌을 못 만나서 그랬는지 모른다. 이제 삼촌한테 더 이상 기댈 수 없는 나 자신이, 아니 나보다도, 나를 업고 힘겹게 걸음을 떼는 할머니가 바로 뻘밭에 빠져 허우적거리는 사람 같아 그랬는지도 모른다.

경자야 미안해

경자네 집에 가는 횟수가 점점 줄었다. 수놓는 데 정신이 팔린 탓도 있고, 안성댁이 삼촌 험담하는 걸 본 뒤로 싫어진 탓도 있었다.

경자가 점점 밥을 안 먹고 말도 잘하지 않는다고, 어느 날 경자 아버지 정 씨 아저씨가 걱정을 했다. 그러면서 경자도 너처럼 수를 배우면 좋겠는데, 손이 성치 않으니 잘 못 놓겠지만, 같이 놀아주는 셈치고 네가 다시 좀 가르쳐줄 수 없느냐고 하였다. 내가 그러겠다고 하니 다음 날 경자를 업고 왔다.

정말 경자는 많이 변한 모습이었다. 몸이 마르고 얼굴도 핼쑥해 보였다. 말수도 줄어서 전처럼 나서서 시키지 않은 말을 이것저것 늘어놓지도 않았다.

경자는 내가 전에 조금 가르쳐준 적이 있어서 수틀에 천을 끼울

줄은 알았다. 나는 바늘에 실을 꿰어 제법 잘 놀리는 오른쪽 손가락 사이에 쥐여주었다. 오그라든 왼손이 수틀을 잡지 못해 내가 쓰던 수틀로 십자수 놓는 법을 설명하려고 했지만 경자는 전혀 관심이 없었다.

"경자야, 왜 그려? 재미없어?"

"너는…… 이게 재미있니?"

"그럼! 난 수놓는 기술자가 될 거야."

"난 싫어. 우리 어머니 말처럼 너는 손이라두 성하지만 난 해봐야……"

"그래두 해봐야지. 뭐든 허다 보먼 잘하게 된다구."

경자가 때에 절어 부스스한 머리를 긁었다. 처음에는 내가 손에 쥐여준 바늘로 살살 긁다가 나중에는 손으로 북북 긁었다. 쇠딱지 같은 비듬이 내가 아끼는 공단 위에 떨어졌다.

"잘해봐야 얼마나 하겠어…… 그러구, 오빠가 그러는데, 앞으로 수는 잘 놓아봐야 아무 소용없대. 수놓는 재봉틀이 있는데, 그게 사람 손보다 더 빠르게 잘 놓는대."

나는 비듬이 더럽고, 경자가 하는 행동도 구저분해 보여 얼굴을 찡그렸다.

"기계 자수라는 건디, 나두 알어. 자수 책에서 봤어. 순 엉터리야. 손으루 놓는 것보담 날림이라 안 예뻐."

나는 경자의 말에 더욱 기분이 상해 퉁명스레 내질렀다. 경자가 잘 알지도 못하면서 내 비위를 긁는다고 여겨졌다. 그때 경자가 수틀을 아무렇게나 밀어놓더니 또다시 손으로 머리를 벅벅 긁어댔다.

"비듬 떨어지는디 왜 자꾸 그려!"

나는 나도 모르게 버럭 짜증을 내며 경자의 팔뚝을 때렸다. 그리고 쌀쌀맞은 말투로 "아이, 더러워" 하면서 수틀이며 공단에 떨어진 비듬도 문밖으로 탁탁 털었다.

경자는 한참 가만히 있었다. 그러더니 부르르 성을 내면서 집에 가겠다고 했다. 경자는 자기 아버지가 업으러 올 때까지 딴 곳만 바라보고 있었다.

어떤 책에서 재봉은 물론 수까지 놓을 수 있는 고급 재봉틀 사진과 그것으로 놓은 수를 본 적이 있었다. 요새는 염색을 잘해서 옷감에 무늬를 잘 찍으니까 자수가 점점 소용없어진다는 말이 라디오에서 나오는 걸 우연히 들은 적도 있었다. 그렇지만 아무렇지 않게 넘겼다. 그런데 그런 말을 경자한테 듣고 보니 화가 나기도 하고 매우 불안하기도 했다. 이래저래 경자를 만나기가 싫어졌다.

얼마 뒤에 경자가 바깥출입을 잘 못한다는 소식이 들렸다. 할머니가 경자네 집에 다녀오더니 한숨을 쉬며 이러셨다.

"경자를 데리구 대천 병원에 갔는디, 의사가 척추에 결핵균이라나 뭐가 들어갔다구 그러더라. 무슨 소린지 물러두, 경자가 병원이란 데를 처음이자 마지막으로 간 건 아닌지 물르겠다. 등에 욕창이 생겼는디두, 별루 아프다는 소리를 안 허더라."

나는 아무렇지도 않은 척했지만 마음속에 먹구름 같은 게 끼었다. 음침한 방 안에 종일 혼자 누워 있을 경자의 얼굴이 자꾸 떠올랐다. 내가 너무 못되게 굴어 더 아픈 건 아닌가 싶어서 한번 가볼까 생각도 했다. 그렇지만 멋쩍기도 하고 경자가 나를 보면 또 수놓는 재봉틀 얘기를 꺼낼 것 같아 미루고 있었다.

며칠 후, 엄마의 등에 업혀 청너머 언덕에 바람 쐬러 가다가 자기 집 마루에 누워 있는 경자를 보았다. 날씨가 쌀쌀해졌는데도 경자는 마루 끝에 위태롭게 누워 있었다. 경자의 머리카락은 빠져서 듬성듬성하고 얼굴은, 해골처럼 무섭게 말라 있었다. 눈동자가 풀리고 몸집은 베개처럼 작아 보였다. 좁고 허약한 가슴에서 나오는 숨소리도 유난히 더 가르릉거렸다. 아주 딴사람이 돼서, 자세히 보지 않으면 경자인 줄도 모를 것 같았다. 그런 몸으로 목숨이 붙어 있다는 것이 믿기지 않아 입이 안 떨어졌다.

"경자야, 많이 아푸네?"

겨우 한마디 던지자 경자는 반응이 없었다. 그토록 명랑하고 얘기를 잘하던 경자가 아니었다. 엄마가 무어라고 말을 걸었지만, 누구를 봐도 알은체하지 않을 무표정한 얼굴이었다. 간간히 눈을 뜰 때마다 초점 잃은 시선은 먼 데 딴 곳을 보는 것 같았다.

엄마가 잠시 나를 마루에 내려놓고 경자를 안아서 방 안에 옮겨

뉘었다. 엄마가 방문을 닫으려고 할 때 경자의 목소리가 희미하게 들렸다.

"봉희야…… 봉희야……"

나는 얼른 방 안으로 고개를 디밀었다. 굴속처럼 어두침침한 방이어서 경자의 모습은 잘 보이지 않고 목소리만 간신히 들렸다.

"수놓는 거 열심히 해…… 뭐든 끝까지 하다 보면 최고가 될 수 있을 거야…… 사랑해……"

경자가 입술을 달싹이며 모기만 한 소리로 말했다. 무슨 대답이라도 해줘야 했지만, 내 입에서는 아무 말도 나오지 않았다.

경자야, 내가 너를 때린 건, 니가 미워서 그런 게 아니야, 라고 하고 싶었지만 결국 아무 말도 못했다. 나는 시무룩한 얼굴로 방문을 슬며시 닫았다. 그때 갑자기 부엌문이 왈칵 열렸다. 뜻밖에도 안성댁이 무언가를 먹으면서 나왔다. 안성댁은 무엇을 훔치다 들킨 사람처럼 주저주저했다. 모두 나가고 집엔 경자뿐이려니 생각했던 우리가 더 놀랐다.

"댁에 계셨네유? 장사 나가구 경자 혼자 있는 줄 알었어유."

엄마가 재빨리 말했다.

"대천장이 내일이라, 내일이나 나가볼라구 오늘은 안 나갔어…… 피곤하기두 하구……"

변명하는 안성댁의 손에는 고구마가 든 바가지가 들려 있었다. 고구마를 먹고 있었던 거였다.

"경자가 많이 아픈 것 같은디……"

"등짝 곪은 데가 잘 안 낫구…… 도무지 뭘 처먹어야 말이지. 아주 안 먹기루 작정했는지…… 얘, 봉희야, 이 찐 고구마 좀 먹어 봐라."

안성댁이 먹다 남은 고구마 바가지를 내게 내밀었다. 나는 못 들은 척 꼼짝도 하지 않았다. 경자가 저러고 있는데 무엇인들 목에 넘어갈까. 자기만 꾸역꾸역 먹고 있는 안성댁이 팥쥐 엄마 같아 싫고 미웠다.

안성댁은 억지로 내 손에 고구마를 쥐여주었다. 하지만 그걸 먹으면 체할 것 같고, 나도 안성댁이나 다름없는 사람이 될 것 같았다. 나는 돌아오는 길에 고구마를 풀숲에 던져버렸다.

이상하게도 저녁이 천천히 왔다.

어둠이 깔리기 시작할 무렵, 엄마가 밖에서 들어와 내 손을 꼬옥 잡으며 말했다.

"……경자가, 경자가 죽었단다."

나는 잘못 들었나 싶어 엄마를 쳐다보았다. 그때 멀리서 울음소리가 청승맞게 들렸다. 방문을 열어젖히니, 경자네 집 앞에 동네 사람들이 모여 있는 게 보였다. 내 귓속이 먹먹해지면서, 거리가 먼 데도 안성댁의 넋두리만 또렷이 들렸다.

"고구마를 주구 갯바닥 갔다 오니까, 경자가 죽어 있었어요. 무슨 놈의 팔자길래 병신으루 태어나, 평생 한 번 일어서보지두 못하고 일찍 가버렸는지…… 아이고, 아이고…… 우리 경자 불쌍해 어떡해……"

경자에게 나가 뒈지라고 늘 구박만 하던 안성댁이 울면서 정 씨 아저씨에게 말했다. 큰 소리로 울어대는 것이 어쩐지 가짜 같았다.

나는 우두커니 경자네 옴팡집 쪽을 바라만 보았다. 경자의 죽음이 도무지 믿기지 않고 마루에 누워 있는 것만 같았다. 방금 본 사람도 그렇게 쉽게 죽는 거구나. 기형적인 몸을 가졌어도 명랑하던 경자가 이리 쉽게 죽다니 믿을 수가 없었다. 그동안 경자에게 너무 쌀쌀맞게 군 것이 자꾸 마음에 걸렸다. 잘못했다고 사과를 못한 것도 정말 후회스러웠다.

자정이 넘어 집에 돌아온 엄마에게 할머니가 물었다.
"장사는 워쳐케 치렀다네?"
"경자 아버지가 마을 남자덜허구 마성재 위 애장터에 지게로 져다 묻었대유."
"불쌍헌 것, 그냥 얼른 갔구나. 저세상 가설랑 건강헌 몸으루 태어나 행복허게 살면 좋으련만."
경자가 애장터에 묻혔다고 했다. 낮에도 아기 귀신들이 오간다는 곳에, 차갑고 캄캄한 돌무덤 속에 말이다. 무섭고 슬픈 마음에 뜬눈으로 밤을 새웠다. 경자하고 친하기는 했지만 경자를 꺼린 건

사실이었다. 경자의 몸은 펴졌을까? 그래서 경자는 이제 좀 편할까? 영혼만이라도 자유롭고 행복하기를 빌었다. 하지만, 죽는 건 몸이 없어지는 거고 이 세상에 없다는 건 슬픈 거다. 곧 경자의 몸도 썩어 없어지겠지…… 자꾸 무덤이 열리듯 허무의 그림자가 스르르 밀려왔다. 경자야…… 잘 가. 그리고, 미안해. 나까지 널 미워했으니, 정말 미안해. 나같이 못난 사람이 없는, 그런 세상으로 훨훨 날아가렴.

아픈 몸

경자가 죽은 지 얼마 안 되었을 무렵 작은할머니가 수청구지를 떠났다.

작은할머니가 앓은 병이 문둥병이었다는 소문이 동네에 퍼졌을 때 벌어진 소동은, 오랜 시간이 지난 지금도 정말 무어라 설명하기 어렵다. 어떤 말로 어떻게 표현해야 할지 갈피를 잡기 힘든 소동이었으니까.

그때 할머니와 엄마한테 들은 말들을 합치면 대충 이렇다. 할머니가 한 말씀이 효과가 있었는지, 작은할아버지는 머슴인 구레나룻을 시켜 작은할머니와 함께 대천에 있는 병원에 가보도록 하였다. 그런데 의사는 작은할머니를 자세히 살피더니, 다짜고짜 입원실 한 곳에 가두듯이 밀어 넣은 후 구레나룻더러 작은할아버지를 데리고 오라고 했다는 것이다.

작은할아버지가 의사한테 들은 병 이름은 '한센병'이었는데, 그게 어떤 병인지 알아듣지 못하니까 '문둥병'이라고 했다. 그러자 작은할아버지는 그럼 나도 그 병에 걸렸구면! 하고 비명을 지르며 그자리에 쓰러졌단다.

작은할아버지마저 병원에 누웠기 때문에 구레나룻은 사흘 뒤에야 수청구지에 올 수 있었는데, 그의 입에서 문둥병이라는 말이 나오자 온 동네가 벌집을 쑤신 듯 난리가 났다. 모두 다 전염이 되어 조금 있으면 피부에 진물이 줄줄 흐를 것처럼 공포에 떨었다.

문둥병이라는 말을 들었을 때, 사실은 나도 몸이 떨렸다. 작은할머니한테 말린 가오리를 받았던 손이 이상해지지는 않았는지, 잠시 들여다보기도 했다. 그렇지만 나는 그러는 내가 어쩐지 부끄러웠다. 자기들이 모두 곧 죽을 것처럼 소란을 떨며 작은할머니를 원망하는 동네 사람들도 못마땅했다.

작은할머니의 얼굴에 경자의 얼굴이 자꾸 겹쳐졌다. 정말 한 번은 꿈에 경자가 멀쩡한 다리에 뾰족구두를 신고 나타났는데, 작은할머니와 손을 잡고 있었다. 나는 혼란에 빠졌다. 작은할머니처럼 마음씨 고운 사람이 그런 몹쓸 병에 걸린다는 게 도무지 이해가 되지 않았다. 도대체 이런 불행이 내 주변에서 왜 자꾸 일어나는지 답답했다. 나중에는, 하느님이 곁에 있다면 왜 이렇게 사람 몸을 약하게 만들었는지 항의하고 싶었다.

이장 아저씨가 대천읍의 보건소장을 불러와 사람들을 모아놓고, 작은할머니의 문둥병은 전염되지 않는 종류라는 말을 수없이 되풀이하게 하고서야 소동이 가라앉았다. 보건소장은 슬픈 소식도 하나 전했다. 작은할머니는 따로 지내야 해서, 소록도라는 섬으로 갔다는 이야기였다.

할머니는 부쩍 더 늙어 보였다. 마루 끝에 웅크리고 앉아서 담배만 피웠다.

"소록도가 대체 워디여…… 동세 얼굴이라두 한 번 봤어야 허넌디, 간다구 해서 갔나, 서방님이 강제루 쫓아 보냈나…… 다들 왜 이렇게 떠나는지 물르겄네…… 동네가 망조 드니께 이렇게 쉽게 망허는구먼……"

할머니의 탄식은 아주 슬프게 들렸다.

나쁜 일은 연달아 벌어졌다. 문둥병 소동이 가라앉기도 전에 사건이 또 일어났다.

아침부터 날이 흐리다가 부슬비가 내리기 시작했다. 할머니가 밖에서 허둥지둥 들어오며 엄마를 불렀다.

"얘야, 어서 이장네 집에 가서 전화를 쓰던지, 안 되면 전보라두 쳐라. 언덕 너머 우리 밭 근처가 지금 야단났다. 기계가 막 파헤치구 있어! 이런 판에 애비는 왜 아직두 안 오는 겨? 다 때려치구 빨리 집에 오라구 혀라."

"어머니, 기계가 파헤친다니, 무슨 말씀이세유?"

"발전소 공사를 시작허는개벼. 얼라? 너 뭐 허구 있네? 어서 이 장네 가라니께! 아범이랑 전화가 통허면, 우리 밭두 곧 까뭉갤 것 같다구, 오늘 당장 오라구 혀."

엄마는 할머니 눈치를 보며 나설 차비를 차렸다. 나도 무슨 일이 났나 구경하고 싶었다. 엄마가 알아채고 나를 업었다.

우리 밭이 보이는 언덕에 가니 동네 사람들이 여럿 나와 있었다. 부슬비가 내려도 우산을 쓴 사람은 우리뿐이었다.

멀리 증골 언덕 쪽에 커다란 기계가 몸을 이리저리 움직이고 있었다. 이장 아저씨가, 저게 바로 굴삭기라는 거라고, 한 대가 사람 수십 명 일을 뚝딱 해치운다고 했다. 그 기계는 갈퀴처럼 생긴 것을 굽혔다 폈다 하면서 산자락을 까뭉개고 있었다. 힘이 엄청나고, 소리가 귀를 찢듯 시끄러웠다. 옆에 서 있던 정 씨 아저씨가 공사 자재 창고나 인부들 숙소를 먼저 짓는 모양이라고 했다. 이장 아저씨는 줄곧 재미난 듯이 말했다.

"생각보다 공사를 빨리 시작허너먼. 숟가락으루 태산 옮기듯 세월아 네월아 헐 줄 알았더니…… 마을 사람들헌티 일자리를 준다구 했넌디, 곧 뭐라도 허러 오라구 허겠구먼."

달려오느라 아직 숨이 찬 당숙이 대뜸 말을 받았다.

"면장헌티 술잔이나 얻어먹은 소리구먼. 개뿔이나, 동네 사람들 헌티 일자리 준다니께 무슨 큰 감투 씌워주는 줄 아능개비네. 다

사탕발림여. 일자리라구 혀봤자, 발전소 수위 한두 명에, 구내식당이서 쟁반 나르구 설거지허는 여자들 몇 명이여. 젊은 사람들 몇은 바닥 공사나 도로 깔 동안만 잠시 데려다 쓸 테지…… 논밭 파혜치구 바다 메워서 갯벌 없어지면 우리는 영원히 결딴나는 겨. 터전 잃구 여기를 뜰 수밖에 없게 된단 말여."

이장 아저씨는 당숙 말을 들은 척도 않고 공사장 쪽으로 가버렸다. 모르면 가만히나 있으라는 투였다.

굴삭기가 흙을 퍼 옮길 적마다 황토가 벌겋게 드러났다. 땅의 피부가 벗겨지고 속살이 드러나는 것 같았다.

언제 와 있었는지 작은할아버지댁 머슴인 구레나룻이 당숙한테 한마디하였다.

"비린내 나는 지긋지긋헌 바닷가서 썩는 것버텀, 땅허구 집 있으니께 보상비 받어서 멀리 도시루 뜨면 될 거 아뉴? 아무려면 이런 바닷가 깡촌에 대겄어유? 도시가 백 번 낫지유."

"젊으니께 한 번 해보는 소린가 물러두 물르면 가만히 있어. 보상이나 제대루 해주면 좋게? 제값 쳐서 제때 주지두 않을뿐더러 평생 우리를 멕여 살리던 바다를 빼앗긴 보상은 무엇으루 받을 텐가? 자넨 그걸 따져보구 한 번이라두 앞일을 생각혀본 적 있남?"

당숙이 콧방귀를 뀌었다. 구레나룻은 무얼 잘못 씹은 표정을 지었다.

부슬비가 점점 굵어졌다. 동네 사람들 머리에 빗방울이 하얗게 맺혔다. 그래도 사람들은 얼굴에 근심이 가득한 채 자리를 떠나지 않았다. 바다 쪽에서 안개가 몰려와 점점 마을을 덮었다.

너 감기 들겠다면서 엄마가 먼저 그곳을 떠났다. 그러나 이장 아저씨네 집이 아니라 우리 집 쪽으로 갔다. 나는 아버지에게 전화하러 안 가느냐고 엄마에게 물었다.

"으응, 네 아버지가 저번 왔을 적에, 공사가 곧 시작될 거라고 했어. 우리 밭 근처서 공사를 해두 놀래지 말라구 그랬어."

나는 무슨 소린지 알 수 없었다.

공사하는 데를 돌아보니 굴삭기가 파헤친 데가 산자락에 난 커다란 상처 같아 보였다. 산천도 사람처럼 몸이 아플 것 같았다. 아니, 그곳에 살던 작은 식물들이 짓밟히는 것이 안타까웠다. 그때 나는 문득 결심했다. 그래, 우리 동네를 수놓아보자. 아름다운 순비기나무와 민들레, 제비꽃…… 갯벌의 바글거리는 게와 고등과 조개, 정다운 갈매기…… 신비로운 바다가 사라지고 들판이 달라지기 전에 그 모습을 예쁘게 담아보자. 세월이 흐르고 흘러도 변하지 않게 색실로 한 올 한 올 핏방울을 떨어뜨리듯 혼신을 다해 수로 아로새겨보자.

오후가 되자 부슬비는 줄기가 제법 굵어졌다. 미처 논으로 빠지지 못한 물이 마당에 고이기 시작했다.

나는 건넛방에 앉아 우리 동네를 어떻게 수놓을까 궁리하면서 종이에 먼저 그려보고 있었다. 언제부턴가 건넛방은 내가 만든 수예품이 가득한 나만의 공간이 되었다. 경대에는 자잘한 풀꽃을 수놓은 깔개가 깔렸고, 걸어놓은 옷은 모란꽃을 수놓은 횃대보에 덮여 있었다. 내가 늘 깔고 앉는 방석은 그림책에서 본뜬, 외국의 성을 십자수로 놓은 것이었다.

우리 동네를 멋있게 다 담으려면 넓은 바탕이 필요했다. 병풍이나 벽걸이를 만들 생각이었다. 그런데 그동안 내가 만들었던 것들은 모두 작은 것들이었다. 또 아무리 내가 만들었어도, 건넛방을 채운 것들은 제각기 너무 화려하고 조화가 되지 않는 느낌이었다. 우리 마을은 꽃이나 성 따위로 되어 있지 않으니까 모든 게 달라야 했다. 무작정 예쁘게 수놓으면 이상할 거라는 생각은 드는데, 다른 것과 다르려면 뭐가 어떻게 달라야 할지 알 수 없었다.

나는 이것저것 연구하다 지쳐서 마루로 나갔다. 할머니와 고모가 바지락을 까고 있었다. 그 옆에서 엄마는 함지박 안에서 오글거리는 능쟁이 속에 섞인, 큰구슬우렁이를 골라냈다. 할머니는 지끔거리고 질겨서 싫다고 했지만 나는 고둥 종류는 다 잘 먹었다.

내가 껍데기가 구슬처럼 예쁜 고둥을 하나 집으려는데 능쟁이 속에 섞여 있던 황바리가 크고 붉은 집게발로 내 손가락을 물었다. 나는 아야야 소리를 지르며 털어댔지만 게는 떨어지지 않았다. 엄마가 달려들어 황바리의 집게를 벌려 겨우 떼어냈다. 손가락에 빨간 피멍이 잡혔다.

"시상에! 손구락 짤릴 뻔혔다."

엄마가 내 손가락을 후후 불어주었다. 할머니가 구시렁거렸다.

"손가락 다쳐서 수도 못 놓게, 그걸 왜 만져."

하늘을 찢듯 천둥 번개가 쳤다. 사방이 캄캄해지더니 장대비가 쏟아져 마당 가의 대추나무 가지가 우두둑 꺾였다. 돌풍이 일어나서 삽시간에 마루가 비에 흥건히 젖었다. 비가 들이쳐도 폭우가 쏟아지는 장관이 보고 싶어서 나는 뒷문을 열었다. 바깥마당이 온통 물바다였다. 순비기나무 잎들이 마당 가에 바짝 엎드려 비바람을 견디는 게 보였다. 물결치듯 뒤집어진 순비기나무 잎의 흰 솜털이 번갯불에 잠깐 희미하게 빛났다.

이상한 느낌이 들어서 퍼붓는 빗속에 자꾸 눈이 갔다. 무엇이 비와 어둠 속에서 가까이 다가왔다. 그리고 사랑방 추녀 밑에 멈추더니 가만히 있었다. 숨이 멎는 것 같았다. 나는 대번에 알아챘다.

"삼촌! 삼촌! 엄마, 저기 삼촌이 왔어!"

엄마가 깜짝 놀라며 빗속으로 뛰어나갔다.

"에구머니, 되린님이 이 빗속에……"

엄마의 손에 이끌려 들어온 삼촌은 와들와들 떨더니 짐승처럼 소리 내어 울기 시작했다. 무슨 일이 있어도 눈물 한 방울 보이지 않던 삼촌이었다. 나는 삼촌이 그렇게 우는 걸 처음 보았다. 고개를 꺾은 채 어깨를 들먹이며 흐느끼는 모습이 낯설었다.

"왜 그러냐? 무슨 일여?"

할머니가 눈을 크게 뜨고 말했다.

"큰어머니, 저는 아버지허구 살 수 읎슈. 여기서 살게 해주세유. 아버지가 저더러, 면장님 댁에 가서 머슴 살으래유. 싫다구 허니께 저를 마구 때리면서 집을 나가라구 했슈. 게다가 오늘은…… 가오리 말려둔 것이 자꾸 읎어진다구, 저더러 훔쳐갔다구 그러면서……."

"뭐여? 머슴이라니, 그게 무슨 소리여?"

"물러유. 면장님허구 자주 왔다 갔다 했는디, 아버지가 그러겄다구 했는가 봐유."

할머니의 얼굴이 갑자기 일그러졌다.

"워쩌면 사람이 그렇게 인정머리가 읎다니! 사람은 열 번 변헌다구 헸는디 느이 아버지는 항상 똑같구나. 그런디, 널 내보내면 누구허구 산다네? 단둘이 사는 형편에, 밥도 제대로 끓여 먹지 못허면서, 이젠 돈에 환장해 새끼까지 머슴 맨들라구 허는구나. 그건 그렇구, 덕배야, 니가 집안 물건에 허락 읎이 손댄 거 있냐?"

"제가 왜…… 절대 그런 일 읎슈."

"그럴 테지. 넌 그럴 애가 아니지. 네 아버지란 사람은…… 에구…… 사람이 생각이 짧구 독해두 정도가 있지, 원……."

할머니는 무슨 소리를 더 하려다가 말았다.

고모가 웃옷을 들고 나와 삼촌에게 내밀며 다그쳤다.

"어서 젖은 옷 갈아 입구 쉬어! 넌 덩치는 황소만 헌 것이 눈물을 질질 짜구 그러냐?"

무슨 일이 벌어지든 나는 삼촌이 돌아온 게 좋기만 했다.

그날 밤부터 며칠 동안 삼촌은 엄청나게 앓았다. 열이 나서 입술이 터지고, 자면서는 연이어 헛소리를 했다. 못 본 동안 몸집이 훌쩍 커진 삼촌이 기진맥진해 누워 있는 모습은 어쩐지 다른 사람처럼 느껴졌다.

비도 맞았지만 애가 너무 놀란 모양이라고, 할머니와 엄마는 몹시 걱정을 했다. 할머니는 작은할아버지가 새로 할머니를 얻으려는 게 틀림없다고 했다.

"시상에 서방님은 마누라가 떠난 지 얼마나 됐다구 그 주제에 또 여자를 밝힌담…… 질리지두 않나, 그 욕심두 참……"

할머니는 내가 듣거나 말거나 주책바가지라고 하면서 작은할아버지 흉을 보기도 했다. 할머니가 누구를 그렇게 내놓고 흉잡는 걸 나는 본 적이 없었다.

굴삭기가 우리 밭까지 까뭉개지는 않았지만, 삼촌 일까지 겹쳐 그랬는지 할머니도 며칠 몸져누웠다. 나는 인천의 언니한테 편지를 쓰면서 "땅이나 사람이나 모두 아프다"고 적었다.

고모 시집가는 날

서울의 어느 초등학교 선생님과 혼담이 오간 후 고모가 결혼 날을 잡았다. 아버지가 아는 집안 청년이라고 했다.

나는 고모 결혼 선물로 줄 수예품을 만들었다. 고모를 놀래주려고 몰래 만들었다. 수저 주머니, 가위 주머니, 조각보, 베갯모 등 모두 한 땀 한 땀 정성 들여 수를 놓은 소품들이었다. 인두로 잘 다려서 어느 날 고모 앞에 내놓았다.

"세상이나, 이런 것을 원제 수놓구 만들기까지 했니? 넌 정말 손재주 하나는 타고났구나."

고모는 감격해서 나를 와락 껴안고 눈물까지 글썽거렸다. 내가 만든 것들엔 학이 날고 나비가 날아다녔다. 엉겅퀴, 민들레, 보랏빛 순비기꽃도 곱게 피어 있었다. 수저 주머니에 원앙새를 수놓을 때는, 할머니가 시집올 적에 가져온 낡은 수저 주머니를 본떴는데, 원앙 한 쌍이 마주 보는 게 아니라 나란히 헤엄치는 모습으로 문양을 바꾸었다.

고모는 나한테 돈을 주려고 했다. 갯것을 팔아 번 돈이었다. 나는 고모가 시집갈 밑천을 모으느라고 얼마나 고생했는지 알고 있기에 받지 않았다.

"조금이지만, 받아. 이런 것 수예점에서 사려면 아주 비싸더라. 어차피 사려구 허던 거니께, 너한티 사는 걸루 헐게. 봉희야, 너는 나중에 수예점을 열어두 되겠다."

나는 몇 번 사양하다가 받았다. 수예점이라구? 그러고 보니 전에 동네 사람들이 내가 만든 것들을 구경하다가 더러 갖고 싶은 물건이 있으면 사 가기도 했다. 안성댁이 팔아다 준다며 견본을 가져가, 가끔 조각보나 베갯잇, 베갯모 등을 주문 받아 오기도 했다. 그렇게 해서 생긴 돈을 나는 책갈피에 모으곤 했는데, 이번에 우리 동네 수놓을 재료 사는 데 요긴하게 쓰고 있었다.

혼례 치를 날이 다가오자 할머니는 삼촌과 정 씨 아저씨를 시켜 대추나무에 엉켜 있는 덩굴들을 쳐내어 말끔하게 했다. 바깥마당은 황토로 고르게 맥질했다. 집과 헛간의 바깥벽도 개펄에서 가져온 고운 흙으로 말끔히 맥질했다. 누렇게 바랜 방문에는 눈부시게 흰 창호지를 다시 발랐다. 그 밖에도 달라진 것이 많았다. 방 안은 모두 꽃무늬가 있는 벽지로 도배를 했고 장판지도 새로 콩댐을 해서 노랗게 반들거렸다. 엄마가 시집을 때 가져왔다는, 봉황과 소나무 그림이 있는 농짝을 뒷방으로 옮겨서 안방이 훨씬 넓어졌다. 집이 아주 새집이 되었다.

혼인 잔치 며칠 전부터 우리 집에는 친척은 물론 온 동네 사람이 몰려들어 들썩거렸다. 고두밥을 지어 술을 담그는가 하면, 감주를 만들고 돼지를 잡았다. 어떤 집에서는 두부를 만들어 오고, 안성댁은 말려둔 고사리를 반찬 하라고 잔뜩 가져왔다. 다른 마을 사람들도 잔치에 필요한 것들을 가져와 부조를 했다.

집 안은 고소한 들기름 냄새로 가득 찼다. 뒤꼍에는 임시로 만든 부뚜막에 철판을 얹고 여자들이 부침개를 부치며 이야기를 하느라 시끌벅적했다. 헛간은 농기구들을 치우고 바닥에 멍석을 깔아 과방을 차렸다. 무지개떡, 인절미, 절편 등 갖가지 떡과 홍어찜, 편육 같은 안주, 송화다식, 들깨 강정…… 그런 갖가지 음식들이 거기로 모였다. 동네 아이들은 일하는 엄마 옆에 붙어 이것저것 얻어 먹다가도 자꾸 과방으로 곁눈질했다.

드디어 혼인날이 되었다. 안마당에 차일이 쳐지고 혼례상이 차려졌다. 안방에선 고모를 치장해주느라 바빴다. 간혹 방문이 열릴 때마다 빨강 치마 초록 저고리에 족두리를 쓰고 얼굴에 연지 곤지 찍은 고모가 다소곳이 앉아 있는 모습이 보였다. 어젯밤에 고모는 엄마랑 올케랑 헤어져 낯선 서울에서 어떻게 사느냐며 질금질금 울었는데, 지금은 말짱했다.

잔치 분위기하고는 안 어울리게, 나는 우울했다. 어제 대구에서 온 아버지가 나를 알은체하지 않은 것도 있고 머리가 아팠기 때문이었다. 처음 보는 고모부가 제대로 걷지 못하는 나를 이상한 눈길로 볼까 봐 걱정도 되었다. 무엇보다 사람들이 나를 구경이라도 하듯 흘깃흘깃 쳐다보는 게 싫었다. 수청구지에 아주 오랜만에 왔다는 친척 할머니는 다리가 어떻길래 여태 걷지 못하느냐고 내 치마를 들춰보기까지 했다.

나는 풀이 죽어 안방 뒤쪽의 작은 골방으로 들어와버렸다. 벽에 기대고 앉아서 혼례를 치르느라 하하 호호하는 소리를 귀로 듣기만 했다.

엄마가 골방 문을 열었다.

"신랑 각시 맞절하는 거 안 보구 뭐허네? 고모부가 워처케 생겼는지 궁금허지도 않어? 왜 또 어디가 아푸냐?"

"가슴이 답답허구, 머리가 아퍼 미치겠어."

내가 불퉁거리자 엄마가 언니를 불렀다. 고모 결혼식이라고 공장을 쉬고 내려온 언니는 국수 그릇을 나르다가 달려왔다.

"애 좀 업구 나가 바람 쐬줘라."

업을 것처럼 하던 언니는, 엄마가 가버리자 타박을 했다.

"잔칫날인데 도와주지는 못할망정 심퉁이나 부리구 그게 뭐니? 지금 네가 몇 살인데 그래?"

언니는 인천 가서 배운 서울 말투를 썼다. 나를 업는 게 창피한 듯했다. 언니는 그냥 훌쩍 가버리더니 한참 뒤에 삼촌을 데리고 왔다.

"삼촌, 봉희 좀 밖에 데리고 나가. 난 상 날라야 돼."

삼촌은 잠자코 등을 내밀었다. 손님들 사이를 지나 경자네 집 앞 너른 마당에 이를 때까지 화가 난 사람처럼 아무 말도 하지 않았다.

너른 마당에는 아이들이 모여서 구슬치기를 하고 있었다. 잔치가 있으니까 모두 와서 국수를 먹고 이렇게 모여 노는 것이었다. 경식 오빠가 노상 몰려다니는 아이들 몇과 한쪽에서 수군거리다가 우리가 지나자 말을 던졌다.

"덕배야, 잔칫날에도 애 보는 게 네 일이냐?"

경식 오빠 주변의 아이들이 킥킥거렸다. 삼촌은 그 아이들을 잠시 째려보다가 그냥 지나쳤다.

"야 인마! 너 벙어리냐? 형님이 말씀하시는데 왜 대답이 없어?"

경식 오빠가 생트집을 잡았다. 나는, 겁은커녕 '제까짓게 뭐라고 시비람?' 하고 속으로 얕보면서 눈을 흘겼다. 삼촌도 못 들은 체하고 언덕 쪽으로 발길을 옮겼다.

청너머 언덕은 바다를 마주 보고 있어서 언제나 바람이 많았다. 숱 적은 나의 머리카락이 마구 헝클어졌다. 바람이 온 골짜기와 벌판을 흔들고 있었다. 바닷가 습지에서는 갯댑싸리, 갈대, 부들 같은 갯벌 식물들이 용케 버티고 있을 터였다. 질퍽한 땅에 지천으로

184

널린 갯완두는 바람에 씨가 모두 날리거나 떨어질 것이다. 고추잠
자리가 바람 속에서도 균형을 잡으며 우리 주위를 빙빙 돌았다.

"봉희는 수두 잘 놓구 책두 많이 읽구 다 좋은디, 고집이 너무
세구 참을성이 읎어. 제일 봉희답지 않을 때가, 오늘처럼 사람들이
많이 모였을 때, 자꾸 엇나가구 심통 부려서 주위 사람들을 힘들게
헐 때여. 자기 몸 불편헌 걸 가지구 다른 사람들한티 동정을 바라
거나 자기만 특별히 대혀주기를 바라면 안 돼. 이젠 좀 어른스럽게
굴어야지……"

삼촌이 나직하게 말했다. 나는 삼촌이 나를 어린애 취급하는 게
서운했다.

"삼촌, 내가 괜히 그러는 게 아니란 말여. 한번 답답증이 나면
나도 참기 힘들어. 머리가 터질 듯이 아프고 속까지 울렁거린다
구."

"그러니까 내가 철부지라구 허는 겨. 그렇더라두 조금만 참으면
가족들이 다 편허잖여? 참는 것두 기다리는 것두 공부여. 마냥 참
기만 헌다구 해결되는 건 아니지만…… 어쨌든, 나쁜 버릇이 몸에
배면 성격두 나빠지게 돼. 자신의 문제를 끊임없이 반성하고 고민
하다 보면 참을성두 생기구 슬기로운 사람이 되는 게지."

삼촌이 강조하듯 말했다. 나는 문득 삼촌한테 부끄럽고 미안해
졌다.

"삼촌은, 이런 내가 싫지?"

"싫긴…… 니가 어렸을 때 곧 죽을 줄 알았는디, 이렇게 잘 크구 있으니 얼마나 예쁜지 물러. 너를 보면 꼭 마당가에 있는 순비기나무 같어. 작지만 강허구, 예쁜 꽃까지 피우잖어? ……봉희야, 네 꿈은 뭐여?"

꿈? 나의 꿈? 도무지 떠오르는 게 없었다.

"학교도 못 다니구, 걷지두 못허는디 무슨 꿈이여……"

"봉희야, 학교 안 다닌다구 꿈이 읎는 건 아니여. 학교는 꿈허구 별 상관 읎는 겨. 네가 허구 싶구 되구 싶은 거, 그게 꿈이께. 무슨 일이든지 긍지를 가지구 열심히 노력허다 보면 이루어지는 것이지……"

그렇다면 나한테도 말할 거리가 아주 없진 않았다.

"그러면 나는…… 나는 자수가가 되구 싶어. 수를 베갯모나 방석 같은 데만 놓지 않구, 옷이랑 병풍에두 놓구, 여기저기 다 놓구 싶어. 화가들이 그림을 벽에두 그리구 도자기에두 그리구 그러는 것처럼…… 우습지?"

"우습기는! 굉장허기만 허다야! 워떠케 그런 생각을 다 했지? 그러니께, 수를 화가처럼 놓구 싶다, 네가 예술가가 되구 싶다 그 말 아녀?"

"예술가는 무슨…… 그냥 한번 해본 생각이지. 내가 할 줄 아는 게 그것뿐이구…… 수를 놓다 보믄 슬픈 마음두 덜해지니께…… 참, 라디오에서 들었는디, 요새는 자수 쓸 데가 아주 다양허다. 패

186

선에서 집 안 장식 소품까지⋯⋯"

"그러니까 멋진 생각이라 이거여."

바람이 바다 쪽에서 더 세게 불어왔다. 주위의 나무와 풀 들이 요란하게 흔들렸다. 삼촌의 말이 듣기 좋아서 그런지, 들떠서 어쩔 줄 모르는 것처럼 보였다. 나는 어쩐지 가슴이 벅차올라 숨을 크게 몰아쉬었다.

어느덧 저녁때였다. 노을 가득한 하늘 저편, 머언 수평선이 어둠에 젖어 들고 있었다. 삼촌의 목소리도 무언가에 젖어 있었다.

"이런 동네잔치는, 아마 오늘 우리 집 잔치가 마지막일 껴. 다덜 수청구지를 떠나구 흩어지기 시작허니께⋯⋯ 나두 요새는 막막허기만 허다. 안 그런 적이 없었지만⋯⋯"

나는 그때 어쩐지 삼촌한테 더 이상 업힐 수 없으리라는 막연한 느낌이 들었다. 세월이 한참 지난 후에도 나는 가끔, 고모의 혼인 잔치가 끝나가던 그날 그 어스름에, 순비기꽃 언덕에서 내가 왜 그런 느낌을 품었는지 돌이켜보곤 했다. 나도 잘 모르겠지만, 그것은 삼촌하고 내가 헤어지고 말고를 떠나, 삼촌이 업어준다고 해도 내가 업히기 어려운 때, 그래서 업힐 수 없는 때가 어쩔 수 없이 다가옴을 예감했기 때문이었던 것 같다.

아버지의 손

    아버지는 고모 결혼식 하루 전에야 대구에서 왔다. 하지만 잔치 준비에 바빠 그런지 나를 본체만체하였다. 아버지가 원래 그런 분이기는 하지만, 내내 기다리고 있었기에 이번에는 무척 서운했다.

    잔치를 치르기 전날 밤, 떡을 찌랴 고기를 삶으랴 부엌 아궁이에는 불이 끊이지 않았다. 그래서 방이 뜨거운 정도를 넘어 절절 끓었다. 나는 요를 두 겹이나 깔고 누워 오지 않는 잠을 청하고 있었다. 바깥에서 아버지의 음성이 들렸다.

    "어머니, 고향에 오니께 공기부터 다르네요. 제가 있는 디는 대구서도 공단 지역이라 늘 시끄럽고 공기두 탁해요. 그동안 고속도로 공사판 일을 허다가 지금은 철강 공장에 취직했는데, 월급은 조금 낫지만 환경이 나빠 걱정이에요."

"그러게 내가 뭐랬어. 도시에 가면 고생헌다구 혔잖어. 하여간 형편이 나아진 건 다행이다. 잘되게 해달라구 내가 월마나 빌었는 디……"

할머니는 장독대 옆 바위 앞에 물을 떠놓고 밤마다 지성을 드리 곤 했다. 그러기 전에는 몸을 씻느라 우물가에서 오래 물소리를 냈 다. 잠결에 그 소리를 들으면서, 자식이라도 어쩌면 저렇게 정성을 들일 수 있을까, 나라면 어떨까, 아니, 누가 나 같은 사람과 결혼 을 하며, 결혼을 한다 해도 아기를 낳을 수나 있을까…… 그런 생 각을 한 적이 있었다.

"그런디 너는, 원제까지 식구들허구 떨어져 살래?"

"곧 집을 얻을게요. 보상비를 받으면……"

"보상비라니? 발전소 짓는디 땅 내놓는 보상비 말이냐?"

"예. 그거 받구, 그동안 모은 거 합치면 방 두 칸은 얻을 수 있을 것 같아요."

"너야 첨버팀 크게 반대를 안 했응께 그렇겠다면…… 동네 사람 들이 뻔히 보구 있넌디, 네가 보상비를 타면 워떨라나 몰르겄다. 그러잖어두 네 작은아버지가 보상비 많이 탈라구 남의 헌 배까지 사들인다구 소문이 나뿐디……"

"동네가 두 편으로 갈라졌넌디, 먼 앞날을 보면 발전소 안 짓는 게 나을지 몰라도, 지금은 정부가 하는 일이라 누구두 막을 수가 읎슈. 어머니두 같이 가시게 준비하셔요."

"우리가 종갓집인디 어떻게…… 네 일 네가 알어서 혀라. 나넌 여기 안 떠나니께 그리 알어라. 목돈이 필요허면 남은 땅이라두 팔어라. 허나 이 집허구 옆댕이 텃밭은 안 된다. 내가 살아야 되구, 너희들이 또 원제 워쩔지 물르니께."

아버지는 더 말을 잇지 않았다. 할머니의 눈가에 이슬이 맺혔다. 할머니는 슬픔을 억누르며 전에 했던 말을 다짐하듯 되풀이했다.

"봉희는 너희가 데리고 가라. 나야 봉희허구 살면 적적허잖구 좋지만, 앞길이 구만 리인 애를 집 안에만 처박어둘 수 읎잖으냐? 이왕 도시로 갈 거면, 거기서 어떻게든 봉희를 가르칠 방법을 찾아봐야 혀."

나는 수청구지를 떠나기 싫고 또 할머니와 헤어져 살고 싶지도 않았다. 그러나 할머니 말씀처럼 도시에 가면 내가 공부를 할 수 있는 무슨 수가 있을지도 모른다는 막연한 생각이 들었다. 라디오에서 그런 학원 선전이 나오는 걸 들었기 때문에, 학교는 못 가도 자수나 바느질 같은 걸 가르쳐주는 학원에 다닐 수 있을지도 모른다고 생각했다.

아버지가 나를 알은체한 것은 고모의 결혼식이 끝난 다음 날이었다.

신랑과 신부가 본가로 떠난 후, 잔치하느라 치웠던 것들을 건넛방에 꺼내놓고 다시 내 방으로 꾸미고 있는데, 아버지가 다가왔다.

"그동안 봉희 잘 지냈지?"

가까이 보니 아버지는 꽤 야위었다. 안색도 좋지 않았다. 나는 말없이 고개만 끄덕였다.

"그런데 이게 다 뭐냐? 온통 수놓은 것들이구나."

나는 아버지가 꾸중을 하는 게 아닌가 겁이 났다. 잔치하느라 남의 집에서 빌려 온 그릇들을 씻어서 정리하던 엄마가 방으로 들어왔다.

"모두 봉희가 놓은 거래유. 그동안 많이 늘었쥬? 고모 혼수도 얘가 꾸며준 게 많아유."

아버지는 경대 깔개며 방석, 옷걸이 위에 덮는 횃대보 따위를 찬찬히 들여다보았다. 그러더니 놀라는 표정을 지었다.

"손재주가 있구나. 책 보고 배웠냐?"

아버지는 다리가 짧은 책상 위에 촘촘히 꽂혀 있는 책들을 보며 물었다. 엄마가 자랑스럽게 말했다.

"처음에 할머니헌티 조금 배웠지만, 다 책 보구 헌 거쥬. 얘는 무슨 책이나 잡으면 며칠 안 가 다 읽어유."

"그런데 저건 뭐냐?"

아버지가 반짇고리 위에 개켜놓은 것을 가리켰다. 내가 오랫동안 매달려 온 것이었다. 나는 가만히 그걸 펼쳤다. 아버지한테 보여주고 싶었던, 나한테는 하나의 '작품'이었다.

가로 석 자, 세로 두 자의 천 위에 나는 우리 동네를 수놓고 있었다. 애초의 그림이 마음에 안 들어 동틀 바다를 왼쪽에 놓았다 오른쪽에 놓았다 하다가, 결국 고모 결혼식 전에 완성하지 못했다. 우리 마을은 자리를 잡았지만 산이나 들에 빈 데가 많았다.

"동틀 포구와…… 우리 동네를 수놓은 거예유."

"이건, 워디에 쓸라구 그러네? 책상보 허기는 좁잖으냐?"

엄마도 그제야 내가 밤낮으로 매달려 있었던 게 무엇인지 궁금해진 듯했다.

"글쎄, 나두 잘 물러유…… 갯벌이 읊어진다길래 그냥 아까워서……"

"어떻게 놓았길래 이렇게 근사하냐."

아버지가 바늘땀을 확인하려는 듯 손으로 쓸어보았다. 언뜻 오른쪽 손등에 거무스레한 흉터가 있었다. 아버지는 얼른 손을 감추었지만 나는, 똑똑히 보았다.

"그거, 그림처럼 액자에 넣으면 더 멋있겠다. 가리개나 병풍 만들어두 되구."

인천으로 돌아가기 위해 옷을 차려입고 나온 언니가 말했다. 그러고 보니 식구는 물론 일을 도와주던 이웃집 사람들까지 모두 모여들어 내가 수놓은 것을 보고 있었다.

"그런데, 여기는 무얼로 채울 거냐?"

아버지가 아래쪽의 빈 곳을 가리키며 물었다. 아버지가 이렇게 나한테 관심을 보인 적이 없었다. 나는 어리둥절하면서도 무척 좋왔다. 내가 아버지를 기쁘게 하다니, 마음이 벅차올랐다.

"그냥, 그냥 순비기꽃이 널려 있게 할라구유. 저쪽 툭 터진 바다 허구 어울리게……"

아버지가 나를 빤히 보았다. 그 얼굴에 웃음이 가득했다.

안성댁이 자세히 좀 보자면서 수놓은 것을 방 한 켠으로 가지고 갔다. 그리고 사람들한테, 어떻게 이런 그림을 바늘로 그릴 생각을 했느냐는 둥, 빈 자리가 매미골 있는 데니 거기다가는 그 동네를 수놓아야 한다는 둥 왁자지껄 떠들었다.

"봉회가 말두 잘하는구나. 수만 잘 놓는 줄 알았더니, 많이 컸다."

아버지가 내 손을 잡았다. 가슴이 뭉클하면서도 손의 그 흉터가 또 눈에 띄었다. 돈 벌러 객지에 나가 무슨 일을 겪은 게 분명했다. 갑자기 눈물이 나려고 했다. 나는 말로 눈물을 막았다.

"손 다쳤네유. 대구서 그러셨슈?"

"그래, 공사장에서 그랬다. 너한테는 말 안 했구나."

가슴속 어딘가가 무너지면서 저절로 고개가 숙어졌다. 그런 고생을 하셨다니…… 나도 아버지에 대해 모르는 게 많았다.

제6부

무너진 바위산 · 싸움 · 사라진 삼촌 · 수청구지를 떠남

무너진 바위산

고모의 결혼 잔치를 한 지 얼마 안 되어 소록도에 간 작은할머니가 돌아가셨다는 소문이 돌기 시작했다. 직접 들어야 믿겠다면서 바닷가의 작은할아버지 댁에 다녀온 할머니는, 오는 길로 방에 들어가 몸져누웠다. 식구들이 자꾸 걱정을 하니까, 다음 날에야 마지못해 입을 열었다.

"사람이 객지서 죽었어두 조상들 모신 수청구지루 데려다 묻으야 허넌디, 남편이란 사람이, 그냥 화장해서 바다에 뿌리라구 했다는구나. 어이구, 우리 동세, 불쌍해서 워쩌나……"

밥도 먹지 않고 마루 끝에 앉아 담배만 피우다가, 혼잣말로 이런 말씀도 하였다.

"……아무리 자식이 읎다지만 무덤도 없이……"

할머니는, 작은할머니가 돌아가셔서 슬프기도 하지만 화장을 해서 무덤이 없게 되었다는 데 더 섭섭해 했다. 나는 문득 경자가 묻힌 애장터가 생각났다. 경자의 혼은 경자의 무덤에 있나? 작은할머니는 바다에 뿌려졌으니, 동네 앞 동틀 바다에까지 돌아올 수 있는 걸까? 아니지, 그렇다면 작은할머니가 태어난 곳은 원산도라는데, 동틀이 아니라 원산도 앞바다로 가시겠지……

나는 여전히 우리 동네를 수놓는 데 몰두하고 있었다. 새로운 생각이 자꾸 떠올랐다. 떠오른 것들을 모두 넣고 싶어서 일부러 천천히, 조금씩 완성해갔다. 동네 어귀의 왕소나무를 좀더 잘 보이게 일부러 크게 수놓고, 그 위에 학을 앉혔다. 그런 식으로 꾸미니까, 수청구지가 점점 어떤 꿈속의 마을처럼 변해갔다. 그게 싫지 않았다.

어느덧 텃밭 둑에 호박 넝쿨이 벋어 있었다.

엄마는 장날마다 대천에 갔다. 온 식구가 매달려 조개젓을 담갔다. 엄마는 잡곡이 든 큰 보따리를 이고 조개젓 동이를 지게에 진 정 씨 아저씨와 마성재를 넘어가곤 했다. 바다에서 언제까지 조개를 잡을 수 있을지 몰라 서두르기도 했지만, 아버지와 합쳐 살려면 돈이 필요했다.

나는 하루 종일 조개를 까거나 수를 놓으며 엄마를 기다렸다. 닭들마저 집으로 들어가 마당이 텅 비는 해 질 무렵에야 엄마가 동네 사람들과 함께 천천히 마성재를 내려오는 모습이 개미처럼 보이곤 했다.

어느 날 집에 도착한 엄마의 장 보따리 속에 삼촌의 잠바하고 내 구두가 들어 있었다. 빨간색 구두를 보고, 나는 웬 횡재인가 싶었다. 두 손에 구두를 끼고 원숭이처럼 어기적어기적 기어보았다.

"신지도 못할 텐디, 다른 걸 사주지 그랬냐?"

할머니 말에 엄마가 시무룩해졌다.

"다른 애덜 신은 거 보면 저도 부러울 것 같아서……"

"할머니, 전 머리맡에 놓구 보구만 있어두 구두가 좋아유. 아이 예뻐!"

내가 호들갑을 떨었다.

엄마는 그래도 한번 신어보자며 나한테 구두를 신겨보고는, 몸피가 커갈수록 더 가늘어진 다리를 만지며 한숨지었다. 엄마는 내 발바닥을 간질여 보고 종아리를 꼬집어보았다.

"이렇게 허믄 아프니?"

"아이, 몰라."

걱정이 되어서 자꾸 그러는 건 알지만, 신경질적으로 엄마의 손을 세차게 뿌리쳤다. 그때 밖에서 삼촌이 들어왔다. 엄마는 얼른 낯빛을 감추고 삼촌에게 파란색 잠바를 내밀었다.

"되린님, 이 옷은 아껴두었다가 외출헐 때만 입구, 집에 있을 때는 잘 걸어두세유."

"돈두 읎는디, 이런 건 뭐허러 사셨어유."

삼촌은 고맙고 미안쩍어했다.

"워디 갈 때 입을 만헌 옷이 읎잖유…… 파란색이 잘 어울릴 것
같아 샀는디 한번 입어봐유."

잠바를 입는 삼촌을 거들면서 엄마는 할머니의 기색을 살폈다.
나는 그러는 이유를 대충 짐작했다. 우리가 대구로 떠나면 삼촌은
어떻게 될지, 아무도 모르고 있었다. 할머니는 아직 아무 말씀도
안 하셨다. 나는 할머니 눈치를 봐서, 삼촌도 우리와 함께 가게 해
달라고 조를 참이었다.

어느 날 장에 갔던 엄마가 허겁지겁 대문을 들어섰다. 그리고 할
머니를 찾았다.

"어머니, 저기 좀 가보셔야겠어유. 정 씨가, 저기 저, 정숙이네
서방님이랑 싸움에 휩쓸려서……"

정숙이네 서방님이란 당숙을 이르는 말이었다. 엄마의 말은, 당
숙하고 정 씨 아저씨가 공사하는 사람들하고 싸움이 붙었으니, 할
머니가 당장 가보셔야겠다는 것이었다.

"싸움이라니? 그게 무슨 소리여?"

할머니가 신발을 끌며 허둥지둥 달려 나갔다. 사랑방 솥에다 쇠
죽을 끓이고 있던 삼촌도 재빨리 아궁이의 불을 끄고 할머니를 뒤
따라 나갔다. 나도 같이 가보고 싶어 삼촌! 삼촌! 외쳤다. 삼촌은
되돌아와 나를 업고 뛰었다. 역시 삼촌밖에 없었다.

마을 어귀에 사람들이 잔뜩 모여 있었다. 멀리서 보아도 옆 동네 사람들까지 모인 게 분명했다. 전에 보았던 굴삭기 여러 대가 논둑 밭둑 가릴 것 없이 파헤치다가 멈춰 있었고, 그 옆에는 흙을 나르는 집채만 한 트럭들이 줄지어 서 있었다. 큰 공사가 벌어지고 있는데 까맣게 모르고 있었던 셈이었다.

할머니가 우뚝 멈춰 섰다.

"저거, 저게 애들 당숙 논 있는 디 아니냐?"

"화력발전소 공사를 시작헌대유. 저쪽 논밭으루 막 밀구 들어가서 바닷가까지 길을 낸대유."

불도저 한 대가 콩밭을 뭉개놓고 그 아래 논 가운데에 멈춰 있었다. 모가 한창 자라기 시작하는 논들이 엉망이 되었는데, 그 질퍽한 흙바닥에 당숙이 털썩 주저앉아 있는 게 보였다. 일을 하다가 달려온 마을 사람들이 핏대를 올리며 당숙 주위에서 서성거렸다.

신작로에 줄지어 선 트럭들 사이에 경찰차가 보였다. 놀랍게도 거기 모여 있는 경찰과 건장한 청년들 사이에 정 씨 아저씨가 붙잡혀 있었다. 할머니는 그걸 보고 놀라서 입을 다물지 못했다.

"아까 장에서 오넌디, 정숙이네 서방님이, 왜 남의 논을 까뭉개느냐구, 저기 저 기계 운전사하고 싸움이 붙었슈. 정 씨가 그걸 말리다가 싸움이 커졌넌디, 그새 경찰이 왔네유. 아이구, 워쩐댜. 저 청년들이 누구길래 정 씨를 저렇게 틀어잡구……"

당숙이 흙투성이가 된 몸을 일으키며 소리쳤다.

"나넌, 논밭 밀어내구 길 만드는 거 찬성한 적 읎어! 주인 허락 읎이 이렇게 남의 논을 망가뜨려두 되능 겨? 대명천지에, 중허구 중헌 농사를 증말 이렇게 망쳐두 되능 겨? 도대체 누가 시켰어? 조상 대대루 농사짓던 땅에다가 누가 이렇게 길을 내라구 그랬냐구!"

그러고 보니 당숙 옆에 누가 또 흙바닥에 자빠져 있었다. 동네 사람들이 지키듯이 에워싸고 있는 걸 보니, 길을 닦던 기계의 운전수 같았다. 그가 자리를 털고 일어서며 당숙한테 삿대질을 했다.

"나는, 위에서 하라고 시켜서 할 뿐인데, 왜 나를 때리고 이래? 싸우려면, 회사나 정부하고 싸우라구!"

할머니가 근처 넓적한 돌덩이에 주저앉았다. 기어코 사단이 났구면…… 힘없는 목소리로 탄식했다.

경찰이 앞으로 나서며, 당숙과 마을 사람들을 향해 말했다.

"사람을 때리고 그러면, 법에 저촉됩니다! 공사를 한다고 안내장도 보내고 경고장도 보내고 다 했다니까, 자꾸 이러지 마십시오. 공사가 너무 지연되어서 강제 집행을 하는 거잖아요. 법대로 하는 거라구요."

"법대로? 법대로라니, 나넌 도장 찍은 적 읎어! 그따위 쥐꼬리만 헌 보상비 주면서 여기서 쫓아내면, 배운 게 농사뿐인디, 우리는 워디 가서 워떻게 살라는 거여?"

당숙이 경찰을 향해 퍼붓더니, 와락 바닥의 돌을 움켜쥐고 경찰

쪽으로 던지려 했다. 동네 사람들이 달려들어 말렸다.

그때 운전수가 후다닥 경찰 쪽으로 뛰었다. 그러자 이번에는 당숙과 마을 사람들이 그 사람을 붙잡으려고 몰려들었다. 순식간에 마을 사람들과 경찰, 또 그 옆에 서 있던 건장한 청년들이 뒤엉켰다. 그때 나는 보았다. 이장 아저씨가 동네 사람 몇과 함께 멀찍이 떨어져서 이 광경을 바라보다가 싸움이 벌어지니까 슬그머니 자리를 뜨는 것을. 어쩐 일인지 작은할아버지네 머슴인 구레나룻도 그 일행에 끼어 있었다.

싸움은 금세 끝났다. 공사를 맡은 건설 회사에서 데리고 온 듯한 건장한 청년들한테, 동네 사람들은 상대가 되지 않았다. 그들은 순식간에 당숙과 몇 사람을 정 씨 아저씨 옆 땅바닥에다 쓰러뜨리거나 무릎을 꿇렸다. 그러자 나머지 동네 사람들이 주춤주춤 뒤로 물러났다. 파헤친 흙바닥에서 승강이를 벌였으니, 다들 흙투성이였다. 모두가 무슨 짐승 같았다. 삼촌이 화가 나는지 부들부들 몸을 떠는 게 느껴졌다.

그때 할머니가 벌떡 일어서더니 그들 쪽으로 걸어갔다. 나는 숨이 멎는 것 같았다. 삼촌이 나를 내려놓고 할머니를 따라가려는 것 같아서 삼촌 목을 꼭 움켜 안았다. 못 가게 말리고 싶었다.

할머니가 경찰한테 다가가 말했다.

"다아 나쁜 마음으로 그런 게 아니니께, 저 사람들 풀어주슈."

경찰은 난처한 표정을 지었다. 그러자 건장한 청년들 가운데 한 사람이 나서서 경찰과 무슨 말을 주고받았다.

"사람을 개돼지 다루듯 허너먼? 힘 있으먼 다 이래두 되는 거여?"

당숙이 자기를 땅바닥에 눌러대고 있는 팔들을 뿌리치려 버둥거리며 소리쳤다. 그러자 붙들린 다른 이들이 함께 거들었다.

"옳어! 우리가 무슨 죄졌어? 우리가 우리 땅을 지킨다는데 이런 식으루 치구 패면서 죄인 취급허능 건 말도 안 뎌."

"다치먼 안 되니께 집으루 돌아가게 어서 일어나."

할머니가 다짜고짜 당숙한테 가더니 손을 잡아 일으켰다. 당숙을 붙들고 있던 청년들이 멈칫거렸다. 그걸 보고 정 씨 아저씨와 다른 마을 사람들도 너도나도 따라 일어섰다.

그때 호루라기 소리가 귀를 찢었다. 말쑥하고 건장한 청년들이 와락 달려들었다. 그들은 당숙과 다른 사람들을 다시 붙들어 닭장처럼 철망을 씌운 트럭에 태우기 시작했다. 말이 태우는 것이지, 청년들이 한 사람에 두셋씩 달려들어 번쩍 들거나 질질 끌어다가 트럭에 처넣었다. 당하는 사람이나 보고 있는 사람이나 다들 비명을 질렀다. 그 와중에 할머니가 바닥에 나뒹굴었다. 삼촌이 나를 팽개치듯 내려놓고 뛰어갔다.

동네 사람들을 실은 트럭은 재빨리 떠나갔다. 경찰차가 그 뒤를 따랐다. 할머니가 길바닥에서 일어서지 않다가, 삼촌이 간신히 일으켜 업으려고 하니까, 뿌리치곤 비척비척 걸었다. 마을 사람들이 할머니를 살피며, 노인을 이렇게 했다고 분개하면서 경찰을 욕했다. 워쩔라구 저렇게 실어간대유? 도대체 경찰은 누구 편인 겨? 모두 한패구먼! 그러나저러나, 그냥 이렇게 당허구 마남? 우리두 다 잡혀가야 되는 거 아녀? 마구 떠들어댔지만 다들 놀라고 맥이 풀려 넋이 나간 표정이었다. 그때 저쪽에서 누가 비명을 지르며 달려왔다. 안성댁이었다. 정 씨 아저씨가 붙들려 간 걸 그제서 안 모양이었다. 여자들이 붙들고 무어라 위로했다.

할머니는 또 몸져누웠다. 싸움판에서 놀라기는 했지만, 작은할머니 때하고는 달리 이번에는 왜 그러시는지 짐작이 안 되었다. 수를 놓거나 책을 읽으려 해도 나는 한동안 아무것도 집중할 수가 없었다.

며칠 후 요란한 소리가 났다. 집이 흔들릴 정도로 큰 소리였다. 엄마가 밭에 갔다 들어오며, 발전소 터 닦느라고 화약 터뜨리는 소리란다, 그러셨다. 나는 마루와 방을 오가며 도대체 무얼 어쩌기에 그러는가 안절부절못했다. 그러다 사랑방 방문 앞으로 기어가 그 광경을 똑똑히 보았다. 내가 평생 동안 잊을 수 없는 광경. 그것은 바위산이 무너지고 있는 모습이었다. 무너진다기보다 깨어진다고 하는 게 맞았다. 바위산 낭떠러지의 머리 부분이 흉측하게 뭉개졌기 때문이다.

나는 거기에 내가 새겨둔 글자들을 생각했다. 거기서 삼촌과 놀

왔던 일을 떠올리며 아주 마음이 아팠다. 할머니 옆에 멍하니 앉아
있자니, 할머니가 왜 몸져누웠는지 알 것 같았다.

싸움

폭발음은 거의 날마다 들렸다. 화약으로 깨친 바위산의 돌조각을 어디론가 옮기기도 했다.

마을 사람들은 이제 동네 걱정은 포기하고 잡혀간 사람들을 걱정했다. 누구한테 손찌검을 한 사람은 징역을 살 거라는 말도 했고, 모두 경찰서로 몰려가서 사람들을 내놓으라고 데모를 해야 한다는 말도 나왔다. 툭하면 빨갱이로 모는 세상이니까 가만히 있는게 상책이라는 말도 있었다. 그러나 말만 요란했지, 모두 겁이 나서 아무도 경찰서에 가지 않았다.

안성댁은 하루가 멀다고 와서, 남편을 좀 살려달라, 경찰한테 말할 수 있는 사람은 할머니뿐이니 경식이 애비를 꺼내달라는 말을 되풀이했다. 할머니는 오히려 무덤덤하게 잘되었지, 큰 잘못이 없으니 조금 붙잡고 있다 놓아줄 꺼, 그러기만 했다. 그러면 안성댁은, 어떻게 그렇게 앞일을 잘 보시느냐, 남의 일이라 그렇게 태평하냐고 투덜댔다. 안성댁은 경자가 죽은 뒤로 왠지 장사를 잘 나가지 않았다. 어떤 날은 힘없이, 경식이 애비가 오래 갇혀 있고 봉희네도 이사 가면, 우리는 뭐 먹고 산대요? 그러기도 했다.

맑은 가을 오후였다. 삼촌과 점심을 먹자마자 방파제 옆의 포구로 갔다. 나는 생선 담을 그릇들을 실은 리어카 한구석에 앉았다.

다른 동네 사람들 여럿이 우리처럼 동틀 포구로 가고 있었다. 생선하고 바꾸려고 돈 대신 늙은 호박, 감자 부대 따위를 이고 가는 사람도 있었다. 이제 동틀 바다에 고깃배가 들어오는 것은 마지막이라고들 했다.

내 눈이 자꾸 바위산으로 갔다. 낭떠러지는 이제 거의 모습을 잃은 상태였다. 바위산은 무참하게 무너져 내려 산산이 깨져버린 것처럼 보였다. 곧 그 바위와 흙으로 앞의 갯벌을 메워나갈 것이다.

"삼촌, 정말 화력발전소를 동틀에 지으야 허나?"

"전기는 필요허지만 꼭 발전이 좋은 것만 아녀. 발전소 들어오는 대신 잃는 것두 많어…… 더디 발전하더라두 신중해야지. 이렇게 좋은 땅허구 바다를 함부로 망가뜨리면 안 되어."

삼촌이 진지하게 말했다.

방파제 옆 부두에는 사람이 많았다. 생선을 받아다 팔기 위해 대천에서 온 장사꾼도 있다고 하였다. 고깃배가 미끄러지듯 와 닿았다. 배의 밧줄이 쇠말뚝에 걸리고 널판이 배 옆구리에 놓였다. 그 널판에서 발을 헛디디면 바다 속으로 풍덩 빠질 거였다. 그래도 사람들은 출렁거리는 널판 위를 태평스레 걸어서 갑판으로 올라갔다.

배에서는 온몸이 시커멓고 투박한 뱃사람들이 생선을 분류하기도 하고 팔기도 하였다. 홍어, 병어, 장대, 박대 따위가 수북수북 쌓였다. 모두 살아서 퍼덕일 듯 은빛으로 번들거렸다. 아구, 물잠뱅이 같은 고기는 생선으로 치지도 않고 바다에 내던져버렸다.

갑판 바닥에 뚫린 구멍에서 밴댕이나 생멸치를 가마니째 어깨에 메고 나오는 사람도 있었다. 화력발전소 공사하기 전 마지막 배라 그런지, 고기는 풍성해도 다들 기분이 침울해 보였다. 오늘 모인 사람들이 영영 이 포구에 다시 모이지 않는다는 것과 썰물처럼 빠져나간 뒤 다시는 들어오지 못한다는 것이 믿기지 않았다. 이 풍성하고 시끌벅적한 풍경이 영원히 멈춰 있으면 좋을 것 같았다. 그때 나는, 이 배 위의 광경을 마을 풍경 안에 수놓아 넣기로 했다. 왜 진작 이 생각이 안 떠올랐는지 몰랐다.

할머니가 가르쳐준 대로 젓갈거리를 사서 그릇에 담는데, 삼촌의 태도가 이상했다. 아니나 다를까, 저쪽 사람들 사이에 작은할아버지가 보였다. 작은할아버지 옆에는 어떤 젊은 여자가 서 있었는데, 그 여자가 그 여자인가 보았다. 작은할머니가 소록도에서 돌아가시자마자 젊디젊은 색시를 데려왔다고, 할머니는 혀를 끌끌 찼었다. 작은할머니가 집을 떠날 때부터 일찌감치 색싯감을 구하기 시작했다더라고, 그런 말이 돈다고 엄마가 전하기도 했었다.

나는 그 여자를 자세히 보고 싶었다. 소문처럼 그렇게 젊고 예쁜 여자인가, 그런 여자가 왜 작은할아버지 같은 사람한테 시집왔나 궁금했다. 안성댁 말처럼 돈에 팔려왔다면, 그런 사람은 어떻게 생겼을까 궁금하기도 하고 보는 게 두렵기도 하였다.

삼촌은 나를 태운 리어카를 끌고 서둘러 집으로 향했다. 나는 삼촌의 마음을 알기에 비린내가 진동하는 생선 그릇 옆에 말없이 앉아 있었다.

간석지 논에는 막 여물기 시작한 벼가 누릇누릇했다. 바닷바람이 불어올 때마다 활짝 팬 갈대와 어른 키만 한 갯댑싸리 무더기가 한쪽으로 휘었다.

서너 명의 소년들이 저쪽에서 걸어오고 있었다. 그 속에 경식이 오빠도 끼어 있었다.

"저 계집앤 난쟁이야? 다리가 안 보이네."

경식 오빠 옆에서 오던 낯선 소년이 나를 뜯어보며 히히 웃었다. 얼굴에 우렁쉥이처럼 우툴두툴하게 여드름이 돋아 있었다.

"저래 보여두 쟤가 책두 많이 읽구, 아주 똑똑한 체는 다 한단다."

경식 오빠가 비웃적거렸다. 언젠가 경자를 때리면 경찰에 신고한다고, 거친 척하며 마구 대들었던 기억이 떠올랐다. 갑자기 경자 생각에 가슴이 먹먹해 말이 나오지 않았다.

"병신아, 재수 읎어, 빨리 가!"

여드름이 내가 탄 리어카를 발로 툭툭 찼다.

"우리가 뭘 워쨌다구 시비여?"

내가 눈을 감사납게 떴다.

"어쭈구리? 뭘 그 정도 가지고 그렇게 째려보시나?"

경식 오빠가 낄낄거렸다.

"너는 워디서 온 녀석인디 함부루 까부네?"

참고 있던 삼촌이 여드름을 쏘아보았다.

"얘는, 면장님 아들이다, 왜? 수청구지 발전을 위해서 큰 공을 세운 면장님 아들이라구."

경식이 오빠가 여드름을 가로막고 나서며 자랑스럽게 말했다. 삼촌의 얼굴이 일그러졌다. 면장네라면, 삼촌이 머슴으로 갈 뻔한 그 집이었다.

"발전은 무슨 발전! 이제 동틀엔 배도 못 들어오구, 김살이구 뭐구 다 끝났는디 헛소리허구 있네. 허긴, 면장님댁 자제분은 농사구 바다 일이구 상관읎을 테지. 쌈허다 잡혀갈 일도 읎구…… 그런디 조용히 지나가지 왜 괜시리 사람 모욕허구 그려?"

삼촌이 불량배처럼 눈동자를 위아래로 한번 굴리면서 비꼬듯이 말했다. 여드름은 거만하게 신득신득 웃고 있었다.

"시건방진 자식! 대가리에 피도 안 마른 게 말을 해도 꼭 빨갱이 같은 소리를 하구 있네. 경제 발전시킬라구 나라에서 화력발전소를 세우겠다구 하고, 면장님이랑 나서서 애를 쓰고 계신데, 너 따위가 뭘 안다구 주둥일 나불거리냐?"

경식이 오빠가 발끈하며 삼촌이 딱하다는 표정을 지었다.

"야, 온 마을 사람들이 뭉쳐서 쫓아냈어야 할 사람은 우리 동네 망허는 디 앞장선 그 사람들이여. 그리구, 너야말루 지금 경찰서 앞에 가서 니 아버지 풀어달라구 데모해야 옳은 거 아녀?"

"시끄러 새끼야! 개뿔두 고아인 주제에 잘난 척 떠들어. 네가 뭔 디 데모를 해라 마라 남 가르칠라구 드냐? 너, 감옥에서 주워 온 애라며?"

경식 오빠가 입귀를 비틀어 올리며 삼촌의 어깨를 쥐어질렀다. 삼촌은 반사적으로 경식 오빠의 얼굴을 주먹으로 쳤다. 그가 비틀대며 삼촌 멱살을 잡아채어, 순식간에 둘은 뒤엉킨 채 논둑 밑으로 굴러떨어졌다.

나는 리어카에서 벌벌 떨고 있었다. 센 쪽은 삼촌이지만 경식이 오빠가 깡패라는 소문도 있어서 삼촌이 어찌 될까 무서웠다.

삼촌이 경식이 오빠를 깔고 앉아 뺨을 때리며 소리쳤다.

"감옥에서 주워 왔든 궁궐에서 주워 왔든, 무슨 상관이여? 나잇 값을 혀! 불쌍허게 살다 죽은 경자를 생각하면 저런 놈들과 같이 봉희를 놀릴 수 있어?"

경식이 오빠의 코에서 피가 났다. 삼촌은 멈칫했다.

"새꺄! 봉희가 니 색시라도 되냐? 애들아, 이 새끼 손 좀 봐주

212

자!"

경식 오빠는 약이 바짝 올라 다른 애들에게 명령했다. 그러자 여드름하고 다른 애까지 달려들어 삼촌을 마구 때렸다. 아무래도 삼촌한테 큰일이 날 것 같았다. 나는 사람들이 있는 배 턱 쪽을 향해 사람 살리라고 마구 소리쳤다. 언뜻 돌아보니 여드름의 코에서도 피가 흐르고 있었다. 경식 오빠가 갑자기 돌을 집어 들었다. 그러자 삼촌의 얼굴은 화를 삭이지 못해 핏기가 싹 가셨다. 삼촌이 두리번거리더니 길가에 있는 머리통만 한 돌을 쳐들었다. 그때 지게를 진 이장 아저씨가 이쪽으로 달려오며 소리쳤다.

"덕배야! 지금 뭣허는 짓이냐? 그 돌 당장 내려놓지 못 혀?"

이장 아저씨가 얼굴이 피투성이가 된 여드름을 보자 깜짝 놀라며, 면장님 댁 자제 아니냐, 이게 웬일이냐 하면서 큰일이라도 난 듯이 야단스레 굴었다.

"덕배 너, 순 망나니로구나. 사람을 이렇게 맨들어놓구, 또 그 돌로 처쥑일 작정이냐?"

"아저씬 사정을 모르시먼 가만계세유. 쟤들이 먼저 봉희를 놀렸단 말유."

"이런 싹바가지 읎는 놈 같으니라구! 어른헌티 허는 말버르장머리가 그게 뭐냐? 느이 아버지헌티 일러서 훔씬 두들겨 패주라고 혀야지 안 되겄구나."

이장 아저씨가 작대기를 휘두를 것처럼 꼬나 쥐며 고함쳤다. 나는 이장 아저씨가 무조건 면장 아들 편을 드는 게 눈꼴시었다. 삼촌이 신경질적으로 돌을 저만치 던져버렸다. 그리고 더 상대하기 싫다는 듯이, 다시 내가 탄 리어카를 끌기 시작했다. 이장 아저씨와 경식이 오빠는 여드름을 챙기느라고 더 어쩌지 않았다.

돌아오는 길에서 나는 아무 소리도 할 수 없었다. 모든 게 내 탓만 같아 속이 상하기도 하고, 나를 위해 싸워준 삼촌이 한층 더 고맙고 믿음직스럽기도 했다. 싸우다가 흙이 묻고 찢어진 남방을 걸치고 있었지만, 오늘따라 삼촌의 어깨가 더욱 크고 넓어 보였다. 정말 삼촌은 이제 어른 못지않은 장정이 되어 있었다.

증골 언덕배기 부근은 공사장 인부들 숙소를 짓느라 파헤쳐져 있었다. 고갯마루 오르기 전 바위틈에서 흘러내리던 샘물이 흙탕물이었다.

물까치 한 마리가 언덕바지에 있는 황토 구멍에서 나와 어디론가 푸드덕 날아갔다. 수청구지엔 유난히 새가 많았다. 집집마다 처마 밑에는 굴뚝새나 박새가 둥지를 틀었다. 딱따구리가 나무둥치의 구멍에 사는 벌레를 먹기 위해 나무를 쪼는 모습도 흔히 보였다. 이제 그 새들은 덤프트럭과 중장비 소리에 놀라 멀리 날아가버릴 것이다. 자꾸 싸움만 벌이는 이 동네 사람들이 싫어서라도 아주 멀리 사라져버릴 것이다.

나는 새삼스레 바다를 보았다. 이젠 예전의 수청구지도 동틀 바다도 볼 수 없게 된다…… 그런 생각을 하니 무엇 하나 예사롭지

않았다. 바다는 오후의 햇살에 반사되어 연녹색 비단처럼 반짝거
렸다. 멀리 수평선 너머 쪽빛 하늘에 구름이 목화솜처럼 평화롭게
떠 있었다. 그러나 여름이면 아이들이 멱을 감던, 하얀 모래와 동
글동글한 자갈이 깔린 바위산 쪽 해변은 이미 사라지고 없었다.

사라진 삼촌

그날 밤은 달이 유난히 밝아 남폿불을 켠 집 안이 대낮처럼 환했다.

할머니와 엄마는 마루에서 조개를 까면서 시집간 고모 이야기를 하고 있었다. 고모한테서 편지가 왔는데, 고모부가 담임을 맡은 학급의 학생 수가 팔십 명이 넘는다고 했다. 도시는 뭐든지 돈 주고 사야 하고 공기도 나쁜데, 왜 다들 도시로 모여드는지 모르겠다는 말도 있었다.

삼촌은 방바닥에 배를 깔고 라디오를 듣고, 나는 삼촌이 대천 헌책방에서 사다 준 중학교 미술책을 뒤적이고 있었다. 달빛이 얼비쳐서 창호지를 바른 방문이 훤했다.

갑자기 대문 소리가 나더니 밖이 소란했다. 웬일인가 살피려고 할 때 냅다 방문이 열렸다. 마루에는 작은할아버지가 서 있었다. 술에 취해 자세가 흐트러지고, 얼굴은 검붉었다. 작은할아버지는 다짜고짜 방으로 들어와 삼촌의 뺨을 후려치고 옆구리를 발로 걷어 찼다.

방바닥에서 미처 일어나지도 못한 삼촌은 몸을 웅크린 채 꼼짝도 하지 않았다. 엄마가 달려 들어와 몸으로 삼촌을 감싸며 제지했다. 나는 작은할아버지 다리를 부둥켜안고 뒹굴었다. 그래도 작은할아버지는 더 때리는 데 쓸 물건을 찾느라 두리번거렸다. 할머니가 들어와 옷자락을 끌어당기니 그때서야 방 밖으로 나갔다.

"서방님, 대체 무슨 일인디 이런데유?"

"저, 저 자식이 글쎄, 면장님 아들을 막 때렸슈. 면장님이 어떤 분인 줄 알구…… 수청구지 발전시킬라구 뛰어댕긴 분인디, 저늠이 화력발전소를 지으면 안 된다구 헛소리허면서 애를 피투성이를 맨들었대유."

작은할아버지가 술에 취해 거칠게 숨을 몰아쉬며 늘어놓았다.

"저늠 입을 찢어놓던지 집에서 내쫓든지 허세유. 면장이 동네 사람헌티 보상비 한 푼이라두 더 타게 해줄라구 월마나 애쓰넌디, 그분을 욕하구 아드님까지 때렸으니, 아, 내 체면은 뭐가 되구."

"아녀유!"

내가 참지 못해 끼어들었다.

"그래서 때린 게 아녀유! 걔가 나헌티 병신이라구 허구……"

할머니가 내 말을 가로챘다.

"봉희야, 어른 말허는 디 나서는 게 아녀. 너헌티 욕을 했는지는 물러두, 면장님 아들을……"

그때 삼촌이 눈물범벅이 된 얼굴을 쳐들며 소리쳤다.

"아버지! 아버지는 왜 그렇게 돈만 따져유? 지금 보상비 못 받을까 봐 그러는 거쥬?"

"저, 저, 저 녀석 말본새랑 턱 쳐들구 대드는 꼴 좀 보게! 이 녀석이 감히…… 너, 바른 대루 말혀! 누구헌티 무슨 명령을 받구 발전소가 동네를 망친다는 둥 데모를 해야 헌다는 둥 떠들었냐? 그게 누군지 어서, 어서 바로 대!"

작은할아버지는 다시 때릴 것처럼 주먹을 흔들며 몸을 떨었다.

"내가 걔들이랑 왜 싸웠는지 물어보지두 않구, 남의 말만 믿는 디, 바로 대긴 뭘 바루 대유. 발전소 때문에 희생당하는 건 우리 마을 사람들인디, 아버지는 돈만 벌려구 남들 보상비까지 탐내면서…… 아버진 욕심이 너무 과하세유!"

"지발 그만 좀 혀라, 이늠아! 아버지헌티 꼬박꼬박 앙살대는 그런 말버르장머리를 워디서 배웠냐?"

할머니가 삼촌의 등짝을 소리 나게 후려쳤다. 삼촌은 무슨 말을 더 하려다가 그만두었다.

나는 삼촌이 왜 싸웠는지, 삼촌이 왜 데모 얘기를 꺼냈는지 꼭 밝혀야 할 것 같았다. 말이 온통 이상해져버렸기 때문이다. 그래서 입을 열려는데, 갑자기 삼촌이 울기 시작했다. 그냥 우는 게 아니라 소리를 높여 엉엉 울었다. 흐느끼면서 간간이 한 마디씩 하였다.

"아버지가 저를…… 사람으루…… 쳐주셔야…… 말이…… 곱게 나오지유…… 한번도 나를…… 인간 취급두 안 허시구…… 내 맘을…… 물러주구…… 아니, 아버지는 이젠 저하고는 끝이에유…… 저는, 성격이 개차반인 늙은이를 아버지로 둔 적 읎슈!"

삼촌의 울음과 말소리가 달빛 가득한 마당에 울렸다. 나는 삼촌이 안 할 말을 했구나, 이젠 큰일이 나겠구나, 잔뜩 겁이 났다. 하지만 어쩐 일인지 모두 입을 다물었다. 달빛과 울음소리에 취한 듯 가만히 있었다. 작은할아버지도 주정뱅이 같지 않게 못 박힌 듯 우두커니 서 있었다. 그러더니 달빛 속으로 들어가 하얗게 젖어 유령처럼 대문을 나가버렸다.

할머니는 그날 저녁 더 이상 따지거나 꾸짖지 않았다. 하지만 일은 다음 날에 또 벌어졌다. 삼촌이 밭으로 일하러 간 사이, 안성댁이 얼굴이 퉁퉁 붓고 멍이 든 경식 오빠를 데리고 온 거였다. 그 모습을 본 할머니의 표정이 굳어졌다.

"덕배가 우리 애를 이 지경으루 만들어놨어요."

안성댁이 서슬이 파래서 할머니에게 따따부따했다.

"이웃 간에 어떻게 이럴 수가 있대요? 그런 줄 몰랐더니, 덕배 녀석 손찌검하는 버릇이 순 깡패 한가지네요. 멀쩡한 애를 이렇게 만들어놨으니 어쩐대요?"

"삼촌이 왜 깡패래유? 깡패는……"

깡패는 경식이 오빠라고 말하려다 그만두었다. 하지만 나는 일이 어떻게 된 건지 처음부터 끝까지 자세히 이야기했다. 싸움을 건 것은 면장님 아들과 경식이 오빠라고, 어제저녁에 하지 못한 말을 모두 털어놓았다. 경식이 오빠는 변명을 늘어놓았다. 자기 아버지가 잡혀간 걸 가지고 삼촌이 자기를 놀렸다고, 거짓말까지 하였다.

"면장 아들이 나를 병신이라구 허구, 경식이 오빠두 삼촌더러 감옥에서 주워 왔다구 놀려서, 삼촌이 화가 난 거라니께유."

"네가 다리를 못 쓰는 거나, 덕배를 감옥에서 데려온 게 다 사실 아니니? 그렇다구 성질대루 마구 사람을 때리면 되겠어? 제 귀염제가 받는다구, 덕배 쟤가 막된 애라 자기 아버지도 싫어하구 구박을 당하는 거야."

안성댁이 모질게 내뱉었다. 나는, 안성댁이 자기 나쁜 점을 감추려고 함부로 말하는 것처럼 보였다. 아무리 자기 아들이 다쳤어도 그런 말은 지나치다 싶었다.

"삼촌은 정 씨 아저씨 풀려나오게 데모라두 해야 헌다구 그랬는디, 워쩌면 그런 말씀을 허신대유?"

화가 나서 내가 또박또박 따지자 안성댁은 조금 누그러졌다.

"다들 철읎어서 그런 거니께 자네가 이해허구 돌아가게."

한참 동안 듣고 있던 할머니는 안성댁과 경식이 오빠를 다독거려 돌려보냈다.

할머니가 엄한 얼굴로 삼촌을 방으로 불러들였다. 그런 적이 없기 때문에 나는 할머니 방에서 나는 소리에 귀를 기울였다.

"내가 왜 너를 데려와 속을 썩이는지 알 수 읎구나. 이렇게 근심덩어리가 될 줄 알았으면 감옥에서 누가 어떻게 허든 데리고 오지두 않았어, 이놈아."

삼촌은 아무 말이 없었다. 할머니가 꾸짖고 타이르는 말을 계속해도 묵묵했다. 삼촌 잘못이 아닌데 삼촌만 혼나는 게 답답해 견딜수가 없어서, 나는 할머니 방 쪽으로 갔다. 그때 할머니가 삼촌 앞에 네모난 성냥 통을 불쑥 내놓으며 말했다. 언성이 높았다.

"너, 이 많은 돈 워디서 났냐?"

할머니가 성냥 통을 뒤집으니 종이돈과 동전이 잔뜩 쏟아졌다. 삼촌이 조금 놀라는 눈치였다.

"지가 오랫동안, 조금씩 모은 거유."

"니가 이런 많은 돈을 워디서 어떻게 모은단 말여. 전에 느이 아버지가 가오리니 복어 말린 거랑 돈이 자꾸 읎어져서 너를 의심허구 그랬는디, 증말 네 짓 아니냐?"

할머니는 단단히 작정을 한 듯이 차갑게 물었다.

"큰어머니까지 왜 이러세유? 품앗이 갔을 적에 담배 대신 받은 거랑…… 그런 거 모은 거유. 원젠가 쓸 디가 있을 것 같아서……"

삼촌 말이 맞았다. 동전을 모아 지폐로 바꿔가면서 삼촌이 돈을 모은다는 걸 나는 알고 있었다. 내가 몰랐던 건 그 돈을 성냥 통에 둔다는 사실뿐이었다.

"그렇다면 그런 줄 알으마. 허지만, 욱허는 성미대루 함부루 누굴 손찌검허면 안 되어. 너두 인저 어린애가 아니잖네……"

할머니는 그렇게 꾸중했을 뿐 더 추궁하지 않았다. 그리고 돈과 성냥 통을 삼촌한테 밀어놓으며 말했다.

"그렇잖어두 네 애비가 새 여자를 데려와서, 그 집서 좋아헐지 더 싫어헐지 모르는 판인디, 어제 성미가 불 같은 아버지한티 대놓구 그래 놨으니, 앞으로 워쩐다네…… 더 눈엣가시루 여길 텐디……"

할머니는 길게 한숨을 쉬었다. 삼촌도 대구에 가서 우리와 함께 살게 해달라고, 나는 그 말을 꺼내고 싶어서 눈치를 보고 있었다. 그런데 할머니가 앞뒤 없이 이렇게 말했다.

"나허구 살면 나야 좋지만, 젊은 애가 영영 밭이나 매면서 살 수두 읎구……"

그러고 보니 할머니는 그동안 고민을 많이 한 것 같았다. 우리가 떠나면 혼자 사는 거였다. 나는 그걸 잊고 있었다.

삼촌은 그날 이후로 몹시 어두운 얼굴이었다. 아주 딴사람이 된 것처럼 말수가 줄어들어 함부로 말 붙이기가 어려웠다. 며칠 동안 내가 말을 해도 건성으로 듣고 무얼 물어도 대꾸가 없었다.

날씨가 점점 쌀쌀해졌다. 밤중에 삼촌이 내 방으로 건너와 묵묵히 앉아 있다가 입을 열었다.

"봉희야, 아빠가 원제쯤 데리러 온다구 허셨니?"

나는 삼촌이 입을 연 게 반가웠다.

"물러. 엄마가 그러는디, 아버지헌티서 편지가 오면 기차를 타구 간댜. 삼촌, 삼촌두 우리랑 대구에 가자. 거기 가서 같이 살자."

삼촌은 대꾸하지 않았다. 그냥 중얼거리듯 형님이 여태 방을 못 얻었구나, 하였다. 그리고 주머니에서 지폐 한 장을 꺼내어 내 손에 쥐어주었다.

"싫어, 어렵게 모은 돈을 왜 나헌티 주는 거여?"

내가 정색을 했다.

"받어…… 색실이라두 사라구 주는 거여."

나는 마지못해 돈을 받았다. 삼촌은 두 팔을 베개 삼아 눕더니 눈을 감은 채 한참 말이 없었다. 나도 곁에 조용히 앉아 있었다.

"봉희야, 우리 동네 수놓던 거 어떻게 됐냐?"

문득 생각난 듯 삼촌이 물었다.

"아직 못 끝냈어. 동네를 자꾸 파헤치구, 사람끼리 싸워쌓구 그러니께, 심난해서 그런지 안 붙잡게 되네."

"그려. 그럴 껴. 발전소 공사 시작되면서부터 우리 동네가 옛날 동네가 아녀. 사람들두 예전 같지 않구."

삼촌은 낮은 목소리로 말하곤 가만히 한숨을 쉬었다.

"그래두 예쁘게 수를 놔. 예전 동네 모습을 완성허라구…… 그렇게라도 남겨놔야 돼…… 네가 안 허면 누가 허냐? 너는 어린디두, 내가 느끼지 못하는 걸 느끼구 생각헐 때가 있어…… 어쩌면, 수놓는 게 네 일일 거여. 네가 갈 길인지도 모르구……"

삼촌의 음성이 이상해서 돌아보니, 눈에 눈물이 그득했다. 나도 덩달아 자꾸 눈물이 나서 가만히 있었다.

"봉희야, 다 잘될 껴. 절대루 용기를 잃지 말어. 너만 힘든 게 아니니께."

삼촌이 눈물을 훔치며 방을 나갔다. 삼촌이 자기 이야기는 안 하고 내 말만 하는 게 이상했지만, 나도 따라서 중얼거렸다. 그래. 삼촌두 나두, 다 잘될 거야. 용기를 잃지 말어.

다음 날 아침이었다. 삼촌이 온데간데없었다. 엄마가 사준 파란 잠바와 돈을 넣어두었던 성냥 통도 없어졌다.

"저 잘되라구 옳은 소리 좀 혔더니만, 집을 나가? 들어오기만 혀봐라, 내 가만두나. 혼꾸멍을 내야지."

할머니는 별렀다. 나는 하루 종일 안절부절 못했다. 하지만 며칠이 지나도 삼촌은 나타나지 않았다.

나는 한쪽 팔이 달아난 것만 같았다. 밥을 먹어도 맛을 몰랐다. 삼촌 눈치가 좀 이상했는데도, 대구로 가서 함께 살자고 더 설득해보고 매달리지 않은 게 오랫동안 후회가 되었다. 삼촌이 나한테 해준 것에 비해 나는 삼촌에게 아무것도 해준 게 없었다. 삼촌에게 함부로 잔심부름을 시키고 업어달라고만 했던 나는 정말 인정머리 없고 못된 아이라는 생각이 들었다.

집안이 적막해졌다. 할머니는 만나는 사람마다 붙잡고, 우리 덕배 못 보았느냐고 물었다. 엄마도 대천장에 가면 늦게까지 읍내를 살피다가 들어왔다. 나는 금방이라도 삼촌이 불쑥 들어올 것만 같아 대문 소리에 귀를 기울였다. 예전에 쏟아지는 빗속에서 나타나 흐느끼던 모습이 자꾸 꿈에 보여서, 나는 하루에도 수십 번씩 뒷문을 열고 추녀 밑을 살폈다. 바람 속에서 삼촌을 느끼고 나무들의 서걱임 속에서 삼촌의 목소리를 들으려고 했다. 하지만, 겨울이 되어도 삼촌은 나타나지 않았다. 할머니는 부쩍 더 늙었다.

"그 불쌍헌 것이, 워디 가서 밥이라두 제대로 먹나 물르겄다. 식구들이 누가 절 싫어헌다구 나가서 안 돌어오능 겨⋯⋯ 매정헌 것 같으니라구."

할머니가 목멘 소리를 했다.

첫눈이 왔다.

나를 업고 나가 대신 눈길을 걸어줄 사람은 이제 없었다.

수청구지를 떠남

 겨울이 어떻게 갔는지 모르는데, 어느덧 봄이 오고 여름도 지났다. 삼촌이 없는 세상은 이 세상 같지 않았다. 수청구지는 이제 다만 삼촌이 떠난 곳, 우리도 떠나기 위해 아버지의 편지를 기다리는 곳일 뿐이었다.

 마침내 아버지한테서 방을 얻었으니 대구로 오라는 편지가 왔다. 기다리던 편지였지만 떠날 날이 가까워져도 할머니와 엄마는 아무 말도 없고 별 준비도 하지 않는 것 같았다. 누구라도 건드리면 울음을 터뜨릴 성싶어 나는 가만히 있었다.

 작은할머니 제삿날이라고, 할머니가 작은할아버지 댁에 갔다. 그분 제사를 챙길 사람은 당신밖에 없다며 몇 가지 제수를 챙겨 가지고 갔다. 하지만 웬일인지 할머니는 일찍 돌아와서 엄마와 한참

숙덕거렸다. 나는 작은할아버지 댁에서 삼촌 소식이라도 들었는가
싶어 캐물었지만 그런 일 없다는 대답만 들었다.

김은 서너 톳만 팔아도 돈이 제법 됐는데 쌀은 값이 싸서 돈이
적었다. 겨울에 김 농사를 못 지었고 이제 조개도 잡을 수 없으니
돈을 마련하려면 쌀밖에 없었다. 할머니는 우리가 떠나기 며칠 전
에 쌀을 팔아서 엄마와 나의 나들이옷을 장만해주었다. 새 옷이 생
겼어도 나는 별로 기쁘지 않았다.

나는 짐을 챙겼다. 가져갈 수 없어서 책을 한 켠에 정리해놓고
나니, 옷가지 조금과 수놓는 데 쓰는 도구 몇 가지밖에 없었다. 우
리 동네 수놓던 것은 여태 완성하지 못한 채였다. 동틀 포구에 배
가 들어와서 사람들이 모여든 광경을 넣다가 그냥 멈춘 상태였다.
수청구지가 변하고 수청구지에 대한 내 기분도 변해서, 수놓인 풍
경이 점점 세상에는 없는, 내 마음속에만 있는 곳처럼 여겨졌다.
나는 그걸 보자기에 싸서 짐 보따리 밑에 넣었다.

떠나기 전날, 안성댁이 방물장사할 때 내 수예품 팔다 남은 걸
가지고 왔다. 수저 주머니와 조각보였다. 나는 그냥 선물로 드리겠
다고 하였다.

"에구 고맙구나. 봉희는 솜씨 있구 착해서 잘될 거야. 너만 보면
경자 생각이 났었는데……"

안성댁은 새벽에 기차 타러 갈 때 대천역까지 나를 업어다 주고

싶다고 했다. 나는 어쩐지 싫었으나 짐이 많아서 할머니와 엄마는 굳이 사양하지 않았다.

잠이 오지 않았다. 수청구지를 떠나는 건 분명 큰일이니까, 무슨 결심이라도 해야 할 것 같았다. 하지만 삼촌은 지금 어디서 무얼 할까, 나는 삼촌도 없고 할머니도 없이 낯선 객지에서 앞으로 어떻게 살아가나. 그런 걱정밖에 들지 않았다.

할머니는 새벽에 일어나 기차에서 먹으라고 고구마를 찌고 달걀을 삶았다. 그것을 종이봉투에 싸고 있는데, 누가 대문을 들어섰다. 나는 삼촌! 하고 소리칠 뻔했다. 그러나 그 사람은 정 씨 아저씨였다.

할머니가 반갑게 뛰어나가 아저씨를 맞았다. 끌려갔던 동네 사람들이 어젯밤에 모두 풀려났다고 했다. 잡혀간 이유도 갑자기 풀려난 이유도 다 잘 모르겠다면서, 깡마른 얼굴에 쓰디쓴 표정을 지었다.

정 씨 아저씨가 안성댁 대신 나를 업었다. 안성댁은 배웅하러 온 동네 사람들 몇과 함께 마당에 서 있다가 엄마더러 꼭 다시 만나자면서 눈물을 글썽이며 손을 잡았다.

마당가 순비기나무는 열매를 떨구고 서로 마른 가지들끼리 얼크러져 있었다. 오동나무도 벌써 잎이 다 져서 가지만 앙상했다.

으스스 바람이 불자, 새벽 공기가 더 찼다.

발전소 짓느라고 새로 난 길로 접어들었다. 뿌연 안개 속에 저만치 뒤처진 할머니를 기다리느라 멈춰 서서, 정 씨 아저씨가 말했다.

"왜 봉희네랑 함께 안 가세요?"

"여기가 좋구, 가봐야 헐 일두 읎구……"

"동네가 이 꼴인데, 뭐가 좋고 여긴 할 일이 뭐가 있데요? …… 봉희 작은할아버지 때문에 그러시는 건 아니죠? 아니 그 집은, 어쩌다 그렇게 됐어요?"

할머니는 대꾸가 없었다.

"그 어른이, 농약까지 마시고 그랬다면서요? 병식이 그 자식, 머슴 놈이 구레나룻이나 기르고 발전소 짓는 데 앞장서서 어지간히 날뛸 때부터 무슨 일 저지를 줄 알았어요…… 그 어른도 그렇지, 그 나이에 그렇게 젊은 여자를 얻고, 남의 보상금을 가로채기나 하고 그러니까 그런 일을 겪지…… 둘이 몽땅 다 털어가지고 도망쳤다는 말이 맞지요?"

정 씨 아저씨는 경찰서에서 고생하고 나와서 그런지 어쩐지 말투가 변한 것 같았다.

작은할아버지 댁에서 무슨 일이 벌어졌는지 자세히는 몰라도, 나는 결국 일어날 일이 일어나고 말았다는 느낌이 들었다. 이젠 작은할아버지도 삼촌이 그리울 거다. 그런데 너무 늦었구나…… 그런 생각도 들었다. 너무 늦어 이제 되돌릴 수 있는 것은 아무것도 없었다.

"여기저기 떠돌아다니다 수청구지에 정 붙이구 살았는데, 또다시 살길이 막막하네요. 앞으로도 떠날 집이 많으니, 이전의 수청구지는 없어지는 거나 같아요. 안타까운 일이죠…… 봉희 어머니! 자리 잡으면 나 좀 꼭 부르라구 봉희 아버지에게 전해주세요. 돈도 없구 힘도 없는 사람끼리 서로 도와야지 어쩌겠어요……"

정 씨 아저씨는 일이 마음먹은 대로 되지 않아 애가 타듯 말했다. 마성재 고갯마루에 오르니 날이 부옇게 밝아왔다. 나는 우리 동네를 돌아보았다.

거기, 동틀 바다와 포구가 껴안듯이 만나던 곳에, 발전소 굴뚝이 서 있었다. 하나도 아니고 세 개나 되는 커다란 굴뚝이 산과 바다를 압도하며 솟아오르고 있었다. 마을 어귀에 있었던 왕소나무는 온데간데없었다. 그 자리가 어디였는지 짐작조차 어려웠다. 그때 삼촌의 말이 떠올랐다. 봉희야, 절대루 용기를 잃지 말어. 너만 힘든 게 아니니께…… 나는 당장 정 씨 아저씨 등에서 내리고 싶었다. 걸을 수만 있다면 바위산 쪽으로 달려가 보고 싶었다. 그러지 않으면, 그러지 못하면, 저 거대한 굴뚝에 깔려버릴 것 같았다.

대천역 대합실에 짐 보따리를 내려놓는 할머니의 모습이 너무 작았다. 할머니는 내 손을 꼬옥 잡았다 놓았을 뿐, 얼굴을 바로 보지 않았다.

기차가 우르릉거리며 들어왔다. 수청구지를 떠나는 아쉬움과 새로운 세상에 대한 불안한 기대가 뒤섞여, 내 마음은 혼란스러웠다.

1975년, 내가 열여섯 살 되던 해 가을의 일이었다.

작가의 말

무분별한 개발로 말미암아 농촌이 파괴되면서 작고 연약한 많은 정다운 것들이 사라졌다. 가족들은 뿔뿔이 흩어졌고, 우리는 고향을 잃어버렸다. 가난하지만 한데 뭉쳐 서로 돕던 그때. 이웃과 가족들의 끈끈한 사랑으로 지내던 어렸을 적 시골의 정취를 그리워하면서 매일매일 조금씩 이 글을 썼다.

내 상처와 슬픔까지도 녹아 있는 이 이야기가 실의에 빠졌거나 어려움에 처해 있는 독자들에게 조금이나마 위로가 되기를 소망한다.

이 책이 나오기까지 힘써주신 최시한 선생님과 문학과지성사에게 깊은 감사를 드린다.

내 문학의 스승이신 고(故) 이문구 선생님이 몹시 그립다.

2012년 겨울 보령 바닷가 작은 마을에서
서순희